プリンセス物語

フロリナ姫と青い鳥

作 オーノワ夫人　再話・絵 愛日まみ　絵 Maai・Aika

M+ care
メディア・ケアプラス

はじめに

青い鳥とフロリナ姫の物語は、あまり馴染みのないものでしょう。知る人ぞ知るといったところでしょうか。

しかし、物語を知らなくても、音楽やバレエに「青い鳥」や「フロリナ姫」が出てくることを知っているという方はおられると思います。クラシック音楽界やクラシックバレエ界で「青い鳥とフロリナ王女のグラン・パ・ド・ドゥ」はとても有名な曲です。

ところが、音楽やバレエに携わっている方々の中にも、この物語の内容をよく知らないという方が少なくないのです。私もそのうちの一人でした。

チャイコフスキー作曲のバレエ組曲「眠れる森の美女」では、オーロラ姫と王子の結婚式に青い鳥とフロリナ姫が招待され、二人で踊りを披露する場面（第3幕・パ・ド・カトル　青い鳥とフロリナ王女のグラン・パ・ド・ドゥ）があります。青い鳥の軽やかな高いジャンプは、演目の見どころの一つとして、とても有名です。また、フロリナ姫が踊る「フロリナ姫のバリエーション」の振り付けには、バレエの基礎的な動きが多く含まれ、左右対称に訓練ができるため、バレエを習っている人が初めて踊るバリエーションとして選ばれることの多い、たいへん人気の高い曲です。

私の娘たちにとってもバレエで踊った最初のバリエーション曲でした。役柄を演じ踊るにあたっては、フロリナがどういう姫なのか、なぜ青い鳥と踊るのかなど、曲の背景を知ることがとても大切です。そこで、娘たちと一緒に役柄の人物像を学ぼうと思い、関連する本を探したことがこの物語を知るきっかけとなりました。しかし、物語を知るまでにはずいぶん時間がかかりました。残念なことに現在は本が廃盤となっていたからです。探し続け、やっとのことで手に取れたのは、古本で見つけた『妖精物語 青い鳥』でした。この物語は照れくさいほどにロマンチックで、時には恐ろしいという言葉がぴったりなほど、とにかく劇的に書かれています。いや、描かれていると言ったほうが適切かもしれません。このことから、この物語の原作家オーノワ夫人（この夫人については「おわりに」（94ページ）に掲載しています）は、社交界のサロンなどで貴族たちに語りかけるようなイメージで書いたと推測します。私は、17世紀にオーノワ夫人が創った素晴らしい文学の宝を、現在に呼び起こしたくなりました。

そこで、受け継がれてきたとされている物語にひねりを加え、再話にしました。オーノワ夫人が大人向けに書いた本を今、娘（子ども）たちに届く物語にしたと言っても過言ではありません。人生をまだほんの数年しか経験していない子どもでも理解できる範囲の物語にした結果、読み聞かせると娘たちは食い入るように聴き、時には語っている最中に感想を交えながら楽しんでくれました。私は娘に届くようにという一心でしたので、たいへん嬉しく思いました。

この物語が伝えたいことはさまざまです。ぜひ何度も手に取り、教訓を考えたり感じたりしながら読んでいただければ幸いです。この本があなたの役に立つことを願っています。

もくじ

はじめに …… 3
1 王国《おうこく》 …… 9
2 トリュトンヌ姫《ひめ》 …… 13
3 フロリナ姫《ひめ》とシャルマン王《おう》との出会《であ》い …… 16
4 断《ことわ》られた贈《おく》り物《もの》 …… 21
5 偽《いつわ》り …… 23
6 青《あお》い鳥《とり》 …… 30
7 踊《おど》りと歌《うた》と宝石《ほうせき》 …… 34
8 思《おも》い出《で》 …… 39
9 邪魔者《じゃまもの》 …… 45

10 ただならぬ嫉妬《しっと》 …… 51
11 恐怖《きょうふ》 …… 54
12 魔法使《まほうつか》いに助《たす》けられ …… 57
13 父王《ちちおう》の手紙《てがみ》 …… 61
14 犠牲《ぎせい》 …… 66
15 フロリナの旅《たび》 …… 69
16 シャルマン王《おう》の国《くに》 …… 77
17 再会《さいかい》 …… 82
18 祈《いの》りの卵《たまご》 …… 87
19 シャルマン王《おう》とフロリナ女王《じょおう》の国《くに》 …… 90
おわりに …… 94

わたくしの名《な》はベルボア
はるかむかしからいろいろな事《こと》を見続《みつづ》けてきた妖精《ようせい》です
どんな人《ひと》にも良《よ》い事《こと》と悪《わる》い事《こと》が起《お》きます
そして人《ひと》は善《よ》きことと悪《あ》しきことの区別《くべつ》がつかない時《とき》があります
それはいつも愛《あい》が原因《げんいん》とされています
そしてもうひとつの原因《げんいん》は金銭《きんせん》と名誉《めいよ》です
これから話《はな》すことをしずかにしてよくおききなさい
愛《あい》と欲《よく》で人《ひと》がまどわされる術《すべ》を
わたくしが全《すべ》てお話《はな》しいたしましょう

1 王国《おうこく》

むかしむかし、たくさんのお花《はな》に囲《かこ》まれた美《うつく》しい立派《りっぱ》な王国《おうこく》がありました。王様《おうさま》とお后様《きさきさま》にはとてもかわいい一人娘《ひとりむすめ》がいました。名《な》はフロリナ。花《はな》の女神《めがみ》フローラに似《に》ていたため、お花《はな》を思《おも》わせる名前《なまえ》が付《つ》けられたのでした。

世界《せかい》には八《やっ》つの不思議《ふしぎ》があると言《い》い伝《つた》えられていますが、フロリナ姫《ひめ》のかわいさはそのうちの一《ひと》つと言《い》われました。姫《ひめ》が笑《わら》うと、周《まわ》りはパッと花《はな》が咲《さ》いたように明《あか》るく温《あたた》かな空気《くうき》に包《つつ》まれました。

王《おう》は慈愛《じあい》と知恵《ちえ》によって国《くに》を治《おさ》めている誉《ほま》れ高《たか》い人《ひと》でした。お后《きさき》は言《い》い争《あらそ》いや戦争《せんそう》をとても嫌《きら》いました。王家《おうけ》の使用人《しようにん》たちの間《あいだ》にはいつも明《あか》るく笑《わら》うさざめきが響《ひび》き渡《わた》り、日々《ひび》は生《い》き生《い》きとして楽《たの》しさと喜《よろこ》びにあふれ、そして穏《おだ》やかでした。それゆえに王国《おうこく》は豊《ゆた》かで、平和《へいわ》に満《み》ちあふれていたのです。

ところがある日《ひ》、お后《きさき》が病《やまい》に倒《たお》れ、亡《な》くなってしまいました。王《おう》の心《こころ》はぽっかりと穴《あな》が開《あ》いたように打《う》ちのめされ、お后《きさき》を愛《いと》おしむあまりに自分《じぶん》も死《し》んでしまおうと考《かんが》えるほどでした。そして身《み》も心《こころ》も弱《よわ》りきっていきました。

そんな王《おう》を慰《なぐさ》めようと、たくさんの友人《ゆうじん》が宮殿《きゅうでん》を訪《おとず》れました。しかし、いくら優《やさ》しい言葉《ことば》で慰《なぐさ》めても、友人《ゆうじん》たちは王《おう》の心《こころ》を癒《い》やすことができませんでした。

数《すう》か月《げつ》が過《す》ぎた頃《ころ》、一人《ひとり》の美《うつく》しい女性《じょせい》が宮殿《きゅうでん》にやってきました。女性《じょせい》もまた夫《おっと》に先立《さきだ》たれていたため、同《おな》じ境遇《きょうぐう》の王《おう》と胸《むね》の痛《いた》みを分《わ》かち合《あ》おうと思《おも》ったのです。

しかし、女性《じょせい》は王《おう》に会《あ》うと、慰《なぐさ》めるどころか突然《とつぜん》叱《しか》りつけたのです。そして強《つよ》い口調《くちょう》で語《かた》り始《はじ》めました。

驚《おどろ》いたことに、誰《だれ》にも癒《い》やすことのできなかった王《おう》の心《こころ》は、今《いま》まで感《かん》じたことがないほどに激《はげ》しく揺《ゆ》り動《うご》かされ、この女性《じょせい》の力強《ちからづよ》い言葉《ことば》とともに、王《おう》は安《やす》らぎを取《と》り戻《もど》していったのです。

やがて、王《おう》はこの女性《じょせい》を新《あたら》しいお后《きさき》とすることに決《き》めました。

人々《ひとびと》は、また王《おう》が元気《げんき》を取《と》り戻《もど》し、以前《いぜん》のようににぎやかな王国《おうこく》になることを期待《きたい》しました。

2 トリュトンヌ姫《ひめ》

新《あたら》しいお后《きさき》にも愛《いと》しい一人娘《ひとりむすめ》がいました。娘《むすめ》の顔《かお》は、マス（魚《さかな》の鱒《ます》）の模様《もよう》のようなそばかすがいっぱいあったので、トリュトンヌ（マス）というあだ名《な》で呼《よ》ばれていました。

トリュトンヌはスーシオという妖精《ようせい》に育《そだ》てられました。気難《きむずか》しくて意地《いじ》が悪《わる》いトリュトンヌを、どうにかして上品《じょうひん》に育《そだ》てたかったスーシオでしたが、いつもぶうぶうと不平《ふへい》ばかり言《い》う気質《きしつ》は全《まった》くもって良《よ》くならず、それどころか悪《わる》くなる一方《いっぽう》。そのうえ気《き》まぐれで、わがままでしたので、友達《ともだち》と呼《よ》べる者《もの》は一度《いちど》もできたためしがありませんでした。社交性《しゃこうせい》に欠《か》け、学問《がくもん》や教養《きょうよう》を身《み》に付《つ》けることが苦手《にがて》で、さらには歌《うた》もダンスもてづつでした。何《なに》をやらせてもすぐに飽《あ》きてしまって放《ほお》り投《な》げるので、どうにもこうにも手《て》に負《お》えませんでした。

しかし、ただ一《ひと》つ、人《ひと》よりもうまくできるものがありました。それは、自分《じぶん》より恵《めぐ》まれている者《もの》を見《み》つけること。それがかえって厄介《やっかい》の種《たね》でした。うらやましいと思《おも》う者《もの》には必《かなら》ず嫉妬《しっと》の炎《ほのお》を燃《も》やすのです。トリュトンヌの心中《しんちゅう》には、悔《くや》しさやねたみがあふれていたで、その顔《かお》はいつも醜《みにく》くゆがんでいました。スーシオはそんなトリュトンヌを哀《あわ》れに思《おも》い、とても甘《あま》やかして育《そだ》てたのです。

実《じつ》は、あの美《うつく》しいお后《きさき》もまた、心《こころ》の中《なか》はトリュトンヌと瓜二《うりふた》つでした。お后《きさき》は、フロリナがいつも明《あか》るく穏《おだ》やかで、誰《だれ》にでも親切《しんせつ》に接《せっ》するのを見《み》て、どうしたらあんなにちやほやされるかわいらしい子《こ》に育《そだ》つのだろう…と、いつもフロリナをうらやんでいました。そうです、わが子《こ》のトリュトンヌよりもあらゆる点《てん》で優《すぐ》れているフロリナのことがおもしろくなく、とても目障《めざわ》りだったのです。なんとかしてフロリナを哀《あわ》れな境遇《きょうぐう》に陥《おとしい》れようといつも考《かんが》えており、事《こと》あるごとにいやがらせをし、意地悪《いじわる》く当《あ》たりました。しかし、優《やさ》しく賢《かしこ》いフロリナは、日々《ひび》のいや嫌《いや》がらせに気付《きづ》かない振《ふ》りをして過《す》ごしていました。

あなたの周《まわ》りにもいませんか。
人《ひと》をねたんだり、けなしたり、恨《うら》んだりする哀《あわ》れな人《ひと》が。
本人《ほんにん》は、みっともないこととはちっとも思《おも》っていないのでしょうね。

3 フロリナ姫《ひめ》とシャルマン王《おう》との出会《であ》い

王《おう》は、ある日《ひ》、年頃《としごろ》になった娘《むすめ》たちを結婚《けっこん》させようと思《おも》いました。お后《きさき》は「姉妹《しまい》の姉《あね》であるトリュトンヌの結婚《けっこん》のほうが先《さき》だ」と話《はな》すと、王《おう》は「思《おも》うようにするといい」と答《こた》えました。言葉巧《ことばたく》みなお后《きさき》の話《はなし》は王《おう》にとって、いつも刺激的《しげきてき》でおもしろおかしいものでした。元気《げんき》を与《あた》えてくれるお后《きさき》を完全《かんぜん》に信頼《しんらい》しきっていたのです。

いく日《にち》かあと、隣《となり》の国《くに》から優雅《ゆうが》で才気《さいき》あふれる美《うつく》しいシャルマン王《おう》がやってきました。お后《きさき》は、トリュトンヌに新《あたら》しく仕立《した》てた豪華《ごうか》なドレスと宝石《ほうせき》を身《み》に着《つ》けさせました。しかし、フロリナには粗末《そまつ》ですすけた服《ふく》を与《あた》えたのです。そして父王《ちちおう》には、

「フロリナは外遊《そとあそ》びで帰《かえ》りが遅《おそ》くなり、お召《め》し替《か》えの余裕《よゆう》がないため、そのままこちらへまいります。どうかお許《ゆる》しください」

と、うその報告《ほうこく》をしました。

シャルマン王《おう》が広間《ひろま》に入《はい》ってきたとき、フロリナはあまりのきまりの悪《わる》さに部屋《へや》の隅《すみ》っこに立《た》っていました。

王《おう》とお后《きさき》はシャルマン王《おう》を大歓迎《だいかんげい》し、早速《さっそく》トリュトンヌを紹介《しょうかい》しました。トリュトンヌはきらびやかに着飾《きかざ》っていましたが、とてもなまいきな面持《おもも》ちで目《め》がぎらりとしていたので、シャルマン王《おう》は思《おも》わず顔《かお》をそむけてしまいました。

この様子《ようす》を見《み》ていたお后《きさき》は、自分《じぶん》の娘《むすめ》があまりにも気高《けだか》く美《うつく》しいので王《おう》は照《て》れてしまったのだと思《おも》い込《こ》みました。

シャルマン王《おう》は気《き》を取《と》り直《なお》し、トリュトンヌにお辞儀《じぎ》をしてから、

「フロリナという、もう一人《ひとり》の姫《ひめ》はいないのか」

と尋《たず》ねました。

意地悪《いじわる》が大好《だいす》きなトリュトンヌは、フロリナの哀《あわ》れな姿《すがた》をシャルマン王《おう》に見《み》せようと思《おも》い、部屋《へや》の隅《すみ》を指《ゆび》さしました。

「フロリナなら、あそこに隠《かく》れておりますわよ」

フロリナは恥《は》ずかしさで顔《かお》を赤《あか》らめましたが、その頬《ほお》はバラ色《いろ》のようで、フロリナの美《うつく》

しさをより強調《きょうちょう》させました。

フロリナはシャルマン王《おう》の元《もと》へ進《すす》み出《で》、カーテシーをしました。

シャルマン王《おう》はすぐに、何《なに》かの手違《てちが》いがあったのだと察《さっ》しました。

「フロリナ姫《ひめ》、初《はじ》めまして。野原《のはら》でも駆《か》け回《まわ》っていたのですか？」

「いいえ。しかし、シャルマン王《おう》、このような格好《かっこう》でたいへん失礼《しつれい》いたします」

「何《なに》かよっぽど特別《とくべつ》な理由《りゆう》があったのでしょう。あなたの美《うつく》しさと知性《ちせい》の噂《うわさ》は聞《き》いております」

「ありがとう存《ぞん》じます」

フロリナの表情《ひょうじょう》には愛《あい》らしさがあふれており、さらに誰《だれ》が見《み》ても気品《きひん》に満《み》ちた姿《すがた》でした。

シャルマン王《おう》はフロリナを目《め》にした瞬間《しゅんかん》、大《おお》きな喜《よろこ》びを覚《おぼ》え、運命《うんめい》の恋《こい》に落《お》ちました。

フロリナのほうは、シャルマン王《おう》の気遣《きづか》いある優《やさ》しい言葉《ことば》に感謝《かんしゃ》していました。

それからしばらくの間《あいだ》、二人《ふたり》の会話《かいわ》は続《つづ》きました。フロリナは数年《すうねん》ぶりに心《こころ》の安《やす》らぎを得《え》、そして、ときめきを覚《おぼ》えたのです。

それを見《み》ていたお后《きさき》とトリュトンヌは、悔《くや》しくてたまりません。

シャルマン王《おう》が部屋《へや》を出《で》たのを見計《みはか》らい、お后《きさき》は家来《けらい》にこう命《めい》じました。

「シャルマン王《おう》が滞在《たいざい》する間《あいだ》、フロリナを塔《とう》のてっぺんに閉《と》じ込《こ》めておくように」

フロリナは、お后《きさき》のひどい仕打《しう》ちに悲《かな》しくて泣《な》くことしかできませんでした。

4 断《ことわ》られた贈《おく》り物《もの》

お后《きさき》は、シャルマン王《おう》がトリュトンヌのことを気《き》に入《い》ったかどうか、気《き》になって仕方《しかた》がありません。

そこで家来《けらい》に「王《おう》の気持《きも》ちを聞《き》いてきてちょうだい」と命令《めいれい》しました。

その後《ご》、シャルマン王《おう》が何《なに》を話《はな》したのか、根掘《ねほ》り葉掘《はほ》り聞《き》き出《だ》しましたが、聞《き》けば聞《き》くほどフロリナのことが好《す》きだということばかりでした。お后《きさき》は「こうなったら何《なに》が何《なに》でもトリュトンヌに振《ふ》り向《む》かせる計画《けいかく》を立《た》てなくては」と考《かんが》えました。

こうしてシャルマン王《おう》へ、立派《りっぱ》で豪華《ごうか》な洋服《ようふく》や、この世《よ》が始《はじ》まって以来《いらい》のとても大《おお》きな宝石《ほうせき》で作《つく》った「愛《あい》の勲章《くんしょう》」が贈《おく》られました。

勲章《くんしょう》はダチョウの卵《たまご》ほどもある大《おお》きな一個《いっこ》のルビーを使《つか》い、ハート型《がた》に作《つく》られており、ハートを射抜《いぬ》いている矢《や》は、指《ゆび》の太《ふと》さほどもあるダイヤモンドでできていました。そして驚《おどろ》くほど大粒《おおつぶ》の真珠《しんじゅ》の首飾《くびかざ》り状《じょう》になっているのです。

「こんなに素晴《すば》らしものは今《いま》までに見《み》たことがない。名誉《めいよ》だ！」

と驚《おどろ》き、たいへん喜《よろこ》んだシャルマン王《おう》でしたが、贈《おく》り主《ぬし》がトリュトンヌだとわかり、受《う》け取《と》れないと丁寧《ていねい》に断《ことわ》ったのでした。

「こんなにも特別《とくべつ》なもてなしをしてやっているのに失礼《しつれい》な王《おう》だ！」

と怒《おこ》ったお后《きさき》は、あろうことかまたもやフロリナに怒《いか》りの矛先《ほこさき》を向《む》けました。

今度《こんど》は、

「シャルマン王《おう》がトリュトンヌと結婚《けっこん》するまで、フロリナを塔《とう》に閉《と》じ込《こ》めておけ」

と言《い》ったのです。

5 偽《いつわ》り

数日経《すうじつた》ってもフロリナに会《あ》わせてくれないことを怪《あや》しく思《おも》ったシャルマン王《おう》は、忠実《ちゅうじつ》な家来《けらい》に様子《ようす》をうかがってくるように命《めい》じました。

宮殿《きゅうでん》の使用人《しようにん》たちは、今《いま》やお后《きさき》に忠誠《ちゅうせい》を誓《ちか》わされており、フロリナの味方《みかた》はいないかのように思《おも》われました。しかし、フロリナ姫《ひめ》の助《たす》けになりたいと思《おも》っている勇気《ゆうき》ある女中《じょちゅう》の一人《ひとり》から話《はなし》を聞《き》くことができました。

この国《くに》の王《おう》さまはお后《きさき》に心身《しんしん》ともに言《い》い操《あやつ》られているということや、お后《きさき》とトリュトンヌの卑劣《ひれつ》で醜《みにく》い人格《じんかく》を、シャルマン王《おう》は知《し》りました。女中《じょちゅう》は繊細《せんさい》な性格《せいかく》をしており、事細《ことこま》かく話《はな》してくれました。こうして、フロリナが塔《とう》に閉《と》じ込《こ》められていることや宮廷《きゅうてい》で起《お》きているすべてのことを知《し》りえることができたのです。

シャルマン王《おう》はとても苛立《いらだ》ちました。どうにかして少《すこ》しでもフロリナ姫《ひめ》と話《はなし》ができるように、数人《すうにん》の家来《けらい》に取《と》り計《はか》らいを命《めい》じました。

日《ひ》が落《お》ちて暗《くら》くなった頃《ころ》、塔《とう》の庭《にわ》に面《めん》した小《ちい》さな扉口《とびらぐち》にフロリナがやってくることを知《し》ったシャルマン王《おう》は、会《あ》いにいくことを決《き》めました。

けれども味方《みかた》の中《なか》にも悪《わる》い人《ひと》はいるもので、このことをお后《きさき》に報告《ほうこく》したのです。

それを知《し》ったお后《きさき》は「フロリナを部屋《へや》から一歩《いっぽ》も出《だ》すな」と命令《めいれい》しました。そして扉口《とびらぐち》にトリュトンヌを行《い》かせ、シャルマン王《おう》を待《ま》ち伏《ぶ》せさせました。トリュトンヌをフロリナに変装《へんそう》させたのです。


その日《ひ》は、いつになく真《ま》っ暗《くら》な夜《よる》でした。

シャルマン王《おう》はフロリナ姫《ひめ》に会《あ》える喜《よろこ》びで胸《むね》を高鳴《たかな》らせていました。そこへ、用心深《ようじんぶか》くベールを被《かぶ》った姫《ひめ》が扉口《とびらぐち》に姿《すがた》を現《あらわ》しました。

真《ま》っ暗闇《くらやみ》の中《なか》、王《おう》は姫《ひめ》と会《あ》えた嬉《うれ》しさで手《て》を取《と》らずにはいられませんでした。愛《あい》の言葉《ことば》を語《かた》り、そして自分《じぶん》の指輪《ゆびわ》を姫《ひめ》の指《ゆび》にはめ、永遠《えいえん》の愛《あい》を誓《ちか》ったのです。

ずる賢《がしこ》いトリュトンヌは「うまくいった！」と、なんとも言《い》い表《あらわ》せない喜《よろこ》びの中《なか》、二人《ふたり》で時《とき》を過《す》ごしました。

こうして次《つぎ》の日《ひ》も会《あ》う約束《やくそく》をしました。

企《たくら》みがうまくいったことを聞《き》いたお后《きさき》は大喜《おおよろこ》びし、翌日《よくじつ》もトリュトンヌを塔《とう》の扉口《とびらぐち》へと送《おく》り出《だ》しました。

この日《ひ》も真《ま》っ暗《くら》な夜《よる》でした。

シャルマン王《おう》は、友人《ゆうじん》の魔法使《まほうつか》いからプレゼントされた世《よ》にも珍《めずら》しい翼《つばさ》のある美《うつく》しい馬《うま》の引《ひ》く馬車《ばしゃ》に乗《の》って姫《ひめ》を迎《むか》えにきました。黒《くろ》いベールを被《かぶ》った姫《ひめ》が小《ち》さな扉《とびら》から出《で》てくると、シャルマン王《おう》は、

「これからすぐに婚約《こんやく》を報告《ほうこく》できるところへ行《い》かないか」

と言《い》いました。

トリュトンヌは、

「私《わたし》の名付《なづ》け親《おや》の妖精《ようせい》スーシオのところに行《い》くのが良《よ》いでしょう」

と答《こた》えました。

空飛《そらと》ぶ馬車《ばしゃ》は、目的地《もくてきち》さえ言《い》えばどこへでも連《つ》れていってくれます。

「妖精《ようせい》スーシオの館《やかた》へ案内《あんない》して」

トリュトンヌが言《い》いました。

すると馬車《ばしゃ》は、二人《ふたり》を乗《の》せて飛《と》び立《た》ち、あっという間《ま》にスーシオの館《やかた》に着《き》きました。館《やかた》は明《あか》るくてとてもきれいでしたが、ひんやりと冷《つめ》たい空気《くうき》が流《なが》れていました。

「初《はじ》めまして、シャルマン王《おう》。このたびは婚約《こんやく》おめでとうございます」

スーシオは厳《おごそ》かにシャルマン王《おう》を出迎《でむか》えました。

そこでベールを外《はず》した姫《ひめ》を見《み》て、シャルマン王《おう》は悪夢《あくむ》を見《み》ているのではないかと自分《じぶん》を疑《うたが》いました。トリュトンヌを目《め》の前《まえ》にしたシャルマン王《おう》は血《ち》が凍《こお》りついたようでした。

「なんということだ！　なぜ、きみがここにいる」

と驚《おどろ》き、わけがわからない様子《ようす》です。

スーシオはゆっくりと話《はな》しだしました。

「あなたは、トリュトンヌ姫《ひめ》と婚約《こんやく》なさったのですね。今《いま》すぐに二人《ふたり》の結婚式《けっこんしき》を挙《あ》げましょう」

シャルマン王《おう》は、昨日《きのう》の暗闇《くらやみ》で愛《あい》を誓《ちか》った相手《あいて》が、フロリナではなくトリュトンヌだったということを、今《いま》ここで知《し》らされたのです。王《おう》はたじろぎました。そして怒《いか》りました。

「私《わたし》はだまされたのだ。きみとは結婚《けっこん》できない。私《わたし》の心《こころ》はフロリナ姫《ひめ》のものだ」

「あなたは誓《ちか》いを破《やぶ》るのですね！　私《わたし》に愛《あい》を誓《ちか》っておきながら、心《こころ》は義妹《いもうと》のものだなんて、絶対《ぜったい》に許《ゆる》されないのよ！」

悔《くや》しさのあまりゆがんだトリュトンヌの面持《おもも》ちは見事《みごと》に醜《みにく》いものでした。

だまし、偽《いつわ》りの愛《あい》でも結婚《けっこん》したいトリュトンヌと、忠実《ちゅうじつ》なシャルマン王《おう》の口論《こうろん》は長《なが》い時間続《じかんつづ》きました。

シャルマン王《おう》は説得《せっとく》し続《つづ》けましたが、トリュトンヌは泣《な》き叫《さけ》び、怒《いか》り狂《くる》うばかりです。らちが明《あ》かないのを怒《おこ》ったスーシオは叫《さけ》びました。

「全《まった》く頑固者《がんこもの》のシャルマン王《おう》。トリュトンヌと婚約《こんやく》をしておきながら結婚《けっこん》しないと申《もう》すのですか。それなら七年間《しちねんかん》の罰《ばつ》を与《あた》えますよ。それよりトリュトンヌと結婚《けっこん》するのです」

シャルマン王《おう》はかんかんに怒《おこ》りました。

「トリュトンヌ姫《ひめ》から逃《のが》れられるのであれば、どんなことでもしてくれ！　皮《かわ》をはがされようと殺《ころ》されようと私《わたし》の心《こころ》は決《き》まっている」

スーシオは叫《さけ》びました。

「さあ、飛《と》んでいきなさい。七年《しちねん》の間《あいだ》、青《あお》い鳥《とり》になるのです！」

シャルマン王《おう》の腕《うで》は翼《つばさ》に変化《へんか》し、脚《あし》は黒《くろ》く細《ほそ》くなりました。頭《あたま》には王冠《おうかん》のような形《かたち》の毛《け》が生《は》えました。スーシオの魔法《まほう》で王《おう》の体《からだ》はみるみるうちに鳥《とり》の姿《すがた》に変《か》わっていったのです。

それから悲《かな》しげな鳴《な》き声《ごえ》を上《あ》げながら窓《まど》から飛《と》び去《さ》っていきました。

スーシオはトリュトンヌを宮殿《きゅうでん》へ帰《かえ》しました。お后《きさき》は良《よ》い報告《ほうこく》を心待《こころま》ちにしていたので、一部始終《いちぶしじゅう》を聞《き》くとたいへんに腹《はら》を立《た》てました。悔《くや》しさでフロリナへの憎《にく》らしさは増《ま》すばかり。そしてあろうことか、またもやフロリナをいじめてやろうと思《おも》い立《た》ったのです。

お后《きさき》はトリュトンヌに花嫁《はなよめ》のドレスを着《き》せてから、塔《とう》の上《うえ》にいるフロリナのもとへ向《む》かいました。

「さあフロリナ、見《み》なさい。娘《むすめ》がシャルマン王《おう》と結婚《けっこん》しましたよ。相思相愛《そうしそうあい》というのは素晴《すば》らしいことですわ。王《おう》はたいへん満足《まんぞく》していますよ」

と報告《ほうこく》したのです。

フロリナはトリュトンヌが見《み》せびらかしている王《おう》の指輪《ゆびわ》を見《み》て絶望《ぜつぼう》しました。出会《であ》った日《ひ》、シャルマン王《おう》が着《つ》けていた指輪《ゆびわ》を覚《おぼ》えていたからです。フロリナはめまいがしました。

それから、

「私《わたし》はシャルマン王《おう》がとても好《す》きなので、それは悲《かな》しい知《し》らせです」

と言《い》うと、気《き》を失《うしな》ってしまいました。

お后《きさき》とトリュトンヌはうまくいったことが嬉《うれ》しくてたまりません。顔《かお》を見合《みあ》わせ、クスクスと笑《わら》いました。そして家来《けらい》から国王《こくおう》に、

「フロリナは恋《こい》に夢中《むちゅう》になってのぼせているので、落《お》ち着《つ》くまでもうしばらく塔《とう》に置《お》いたほうがよいでしょう」

と報告《ほうこく》させました。

フロリナは幾日《いくにち》も泣《な》き続《つづ》けました。それほどまでに出会《であ》った日《ひ》のシャルマン王《おう》の優《やさ》しさはフロリナに響《ひび》いていたのです。

6 青《あお》い鳥

青《あお》い鳥《とり》に変《か》えられたシャルマン王《おう》は、やっとのことで宮殿《きゅうでん》に戻《もど》ってきました。それからフロリナが閉《と》じ込《こ》められている塔《とう》に近《ちか》づこうとしましたが、鳥《とり》に変《か》えられたことを知《し》っているトリュトンヌに見《み》つかるのを恐《おそ》れて、あまり近《ちか》づくことができません。それで、塔《とう》の窓《まど》の向《む》かいにある高《たか》くて大《おお》きなヒノキの木《き》にとまって様子《ようす》を見《み》ることにしました。

太陽《たいよう》が西《にし》の山《やま》に沈《しず》んだ頃《ころ》、塔《とう》の窓《まど》が開《ひら》き、声《こえ》が聞《き》こえてきました。

「お父様《とうさま》にかわいがられて幸《しあわ》せに暮《く》らしていた日々《ひび》が懐《なつ》かしい。ああ、お義母様《かあさま》はなぜ私《わたくし》を閉《と》じ込《こ》めるのでしょう。真《ま》っ暗闇《くらやみ》で何《なに》もない牢屋《ろうや》のようなここに・・・。私《わたくし》が何《なに》か悪《わる》いことをしたというのでしょうか」

シャルマン王《おう》はすぐにそれがフロリナ姫《ひめ》の声《こえ》だと悟《さと》りました。そして窓《まど》の向《む》かいの木《き》から声《こえ》をかけました。

「美《うつく》しいフロリナ姫《ひめ》、どうしてそんなに泣《な》くのです。あなたの悲《かな》しみはいつか素晴《すば》らしく晴《は》れる日《ひ》が来《く》るでしょう」

フロリナは驚《おどろ》きました。

「まあ、どなたでしょう！　そんなに優《やさ》しく声《こえ》を掛《か》けてくださるのは？」

鳥《とり》は答《こた》えました。

「あなたを愛《あい》している王《おう》です」

「私《わたくし》を愛《あい》してくださる王《おう》ですって？」

それから、鳥《とり》は窓《まど》に飛《と》んでいきました。

フルートのような美《うつく》しい声《こえ》で人《ひと》の言葉《ことば》をしゃべる青《あお》い鳥《とり》を見《み》て、フロリナは目《め》を丸《まる》くしました。

シャルマン王《おう》が出会《であ》った日《ひ》のことを話《はな》すと、フロリナはシャルマン王《おう》が鳥《とり》になってしまったことを信《しん》じました。

シャルマン王《おう》は、トリュトンヌが結婚《けっこん》を企《たくら》んだことや、妖精《ようせい》スーシオのこと、なぜ七年《しちねん》もの間《あいだ》、鳥《とり》の姿《すがた》でいなければならなくなったかということなど、今《いま》までに起《お》きた出来事《できごと》をすべて話《はな》しました。

「あなたへ愛《あい》を捧《ささ》げられなくなるより、七年間《しちねんかん》青《あお》い鳥《とり》でいるほうがましなのです」

シャルマン王《おう》の言葉《ことば》を聞《き》いて、フロリナは自分《じぶん》が悲《かな》しいとらわれの身《み》であることを忘《わす》れてしまうほどでした。そして、シャルマン王《おう》を哀《あわ》れに思《おも》いました。

しかし、青《あお》い鳥《とり》のほうはあまりそうではありませんでした。「今日《きょう》から七年間《しちねんかん》、誰《だれ》にも邪魔《じゃま》されずに、こうして夜《よる》の間《あいだ》だけでもフロリナのそばにいられる」と思《おも》ったからです。フロリナはシャルマン王《おう》を慰《なぐさ》め、忠誠《ちゅうせい》を尽《つ》くすと約束《やくそく》し、朝焼《あさや》けの中《なか》でつらい別《わか》れの言葉《ことば》を交《か》わしました。

青《あお》い鳥《とり》を見送《みおく》ったフロリナは朝日《あさひ》に向《む》かって手《て》を合《あ》わせました。

狩人《かりうど》に見《み》つかりませんように、鷲《わし》や鷹《たか》に襲《おそ》われることがありませんように、思《おも》いつく限《かぎ》りの恐《おそ》ろしいことのすべてが起《お》きないようにと祈《いの》りました。

Mami

7 踊《おど》りと歌《うた》と宝石《ほうせき》

青《あお》い鳥《とり》は、人間《にんげん》に戻《もど》る日《ひ》を指折《ゆびお》り数《かぞ》えました。そして鳥《とり》の間《あいだ》も、心《こころ》の美《うつく》しいフロリナ姫《ひめ》の喜《よろこ》ぶことなら何《なん》でもしようと考《かんが》えました。

青《あお》い鳥《とり》は昼間《ひるま》、自分《じぶん》の都《みやこ》の城《しろ》まで飛《と》んで帰《かえ》ると、割《わ》れたガラス窓《まど》から自分《じぶん》の書斎《しょさい》に入《はい》って一番《いちばん》お気《き》に入《い》りの輝《かがや》くダイヤモンドのイヤリングをくわえました。それは見事《みごと》に美《うつく》しいイヤリングでした。そして、その日《ひ》の夜《よる》、フロリナ姫《ひめ》のところに運《はこ》んでいきました。フロリナは、青《あお》い鳥《とり》が懸命《けんめい》に運《はこ》んできてくれたかと思《おも》うと、嬉《うれ》しい気持《きも》ちが込《こ》み上《あ》げました。美《うつく》しいイヤリングをとてもありがたく思《おも》いました。

そして次《つぎ》の日《ひ》、青《あお》い鳥《とり》はブレスレットをくわえてきました。大《おお》きなエメラルドとゴールド真珠《しんじゅ》の装飾《そうしょく》のあるたいへん豪華《ごうか》なものでした。世界《せかい》に二《ふた》つとない見事《みごと》なものです。フロリナはあまりにも大《おお》きな宝石《ほうせき》を見《み》て、とても驚《おどろ》きました。そしてふと気《き》に掛《か》かったことを問《と》いました。

「こんなにも素晴《すば》らしい贈《おく》り物《もの》を、ありがとう存《ぞん》じます。でも・・・贈《おく》り物《もの》がないと私《わたくし》の気持《きも》ちがなくなるとお思《おも》いになるのですか」

シャルマン王《おう》は答《こた》えました。

「いいえ、それは違《ちが》います。私《わたし》がここにいない時間《じかん》もこの宝石《ほうせき》を見《み》て、どうか私《わたし》のことを想《おも》っていてほしいのです。このような場所《ばしょ》に閉《と》じ込《こ》められているのですから、あなたが少《すこ》しでも心《こころ》の平静《へいせい》さを失《うしな》わずにいられるよう、これらが癒《い》やしになったなら幸《さいわ》いなのです。そして何《なに》よりも、あなたにはこれらの宝石《ほうせき》がとても似合《にあ》います」

そうです。二人《ふたり》にはわかっていました。閉《と》じ込《こ》められている間《あいだ》は、この美《うつく》しく輝《かがや》き光《ひか》る宝石《ほうせき》でさえ、何《なん》の価値《かち》もないのです。それでも、シャルマン王《おう》がフロリナ姫《ひめ》に宝石《ほうせき》を贈《おく》るのには、もう一《ひと》つ理由《りゆう》がありました。それは、守《まも》り石《いし》だということ。ダイヤモンドには邪悪《じゃあく》なものから身《み》を守《まも》る力《ちから》があります。エメラルドには富《とみ》や繁栄《はんえい》をもたらす力《ちから》がありま す。トパーズやペリドット、珊瑚《さんご》、サファイヤなど、すべての宝石《ほうせき》はさまざまな力《ちから》を宿《やど》しているのです。シャルマン王《おう》は「すべての悪《あく》からフロリナが守《まも》られてほしい」という願《ねが》いを込《こ》めて贈《おく》っていたのです。

フロリナは、シャルマン王《おう》の愛《あい》の深《ふか》さに幸《しあわ》せを感《かん》じました。昼間《ひるま》は宝石《ほうせき》を布団《ふとん》やシーツの中《なか》に隠《かく》し、夜《よる》の間《あいだ》だけ身《み》に着《つ》けることにしました。

青《あお》い鳥《とり》とフロリナは毎夜《まいよ》、恋《こい》の言葉《ことば》を交《か》わしました。優《やさ》しい月明《つきあ》かりに照《て》らされ、恋《こい》のダンスを踊《おど》りました。踊《おど》っては歌《うた》い、歌《うた》っては踊《おど》りました。

次《つぎ》の日《ひ》も、そしてまた次《つぎ》の日《ひ》も、辺《あた》りが暗《くら》くなり、降《ふ》るような星《ほし》が空《そら》を飾《かざ》り始《はじ》める頃《ころ》、青《あお》い鳥《とり》は宝石《ほうせき》をくわえてやってきました。時々《ときどき》、木《き》いちごやブルーベリーも運《はこ》んできました。二人《ふたり》は、一緒《いっしょ》に食《た》べるベリーを「甘酸《あまず》っぱい恋《こい》の味《あじ》」と言《い》い、顔《かお》を見合《みあ》わせて楽《たの》しそうに笑《わら》いました。

とりわけフロリナが喜《よろこ》んだのは花《はな》でした。たった一輪《いちりん》の花《はな》。その香《かお》りと色《いろ》と感触《かんしょく》が姫《ひめ》を心《こころ》の底《そこ》から癒《い》やしました。

夕日《ゆうひ》が空《そら》を真《ま》っ赤《か》に染《そ》めるときは、もうすぐ会《あ》える喜《よろこ》びで胸《むね》は高鳴《たかな》りました。

夜明《よあ》けが近《ちか》づく空《そら》の向《む》こうから森《もり》の小鳥《ことり》たちの鳴《な》き声《ごえ》が聞《き》こえてくるときは、お別《わか》れの時間《じかん》が近《ちか》づいてきた合図《あいず》です。いつも切《せつ》ない気持《きも》ちになりました。

朝《あさ》になると青《あお》い鳥《とり》は森《もり》へ飛《と》んでいき、フロリナと会《あ》えた喜《よろこ》びを歌《うた》にしました。愛《あい》する気持《きも》ちがより美《うつく》しい声《こえ》を出《だ》させたのでしょう。通《とお》り掛《が》かりの人《ひと》たちは皆《みな》、歌声《うたごえ》に耳《みみ》を傾《かたむ》け

Mami

ました。あまりにも美《うつく》しい鳴《な》き声《ごえ》だったので、青《あお》い鳥《とり》の歌《うた》は「妖精《ようせい》の歌《うた》」と呼《よ》ばれました。

しかし、それを不気味《ぶきみ》に思《おも》うひねくれ者《もの》がいるもので、「森《もり》には美《うつく》しい歌声《うたごえ》で人《ひと》を惹《ひ》きつけ、森《もり》の奥深《おくふか》く迷《まよ》い込《こ》ませる幽霊《ゆうれい》が住《す》んでいる」という悪《わる》い噂《うわさ》を立《た》てたのです。

それから森《もり》に入《はい》る人《ひと》がめっきりいなくなってしまいました。しかし、それは青《あお》い鳥《とり》にとって好都合《こうつごう》でした。人目《ひとめ》につかないことで安全《あんぜん》に過《す》ごすことができたのですから。

毎夜《まいよ》、愛《あい》を交《か》わしながら二年《にねん》の月日《つきひ》が流《なが》れていきました。その間《あいだ》、フロリナは閉《と》じ込《こ》められていることを一度《いちど》もつらいと思《おも》ったことはありませんでした。

ここは塔《とう》のてっぺん。昼間《ひるま》、窓《まど》を開《あ》ければすべてが見渡《みわた》せました。季節《きせつ》の移《うつ》り変《か》わりがはっきりとわかり、絵《え》はがきにでも描《か》けそうな風景《ふうけい》が見《み》られたのです。

夜中《よるじゅう》、愛《あい》する人《ひと》と美《うつく》しい恋《こい》の言葉《ことば》を交《か》わし、夢《ゆめ》を語《かた》り、生《お》い立《た》ちを話《はな》し、歌《うた》い、踊《おど》り明《あ》かす喜《よろこ》びがあるのですから。恋《こい》する二人《ふたり》の話《はなし》が尽《つ》きることはありませんでした。

8 思《おも》い出《で》

この宮廷《きゅうてい》で一番先《いちばんさき》に太陽《たいよう》の光《ひかり》が届《とど》く塔《とう》。やわらかい朝日《あさひ》が部屋《へや》に差《さ》し込《こ》むと、フロリナはうとうとし始《はじ》めます。そして幼《おさな》い頃《ころ》のことを思《おも》い出《だ》すのです。

宮殿《きゅうでん》から少《すこ》し離《はな》れたところに、フロリナのお気《き》に入《い》りの場所《ばしょ》がありました。春《はる》になるとシロツメクサがたくさん咲《さ》くところです。シロツメクサに混《ま》じってムラサキツメクサとタンポポが咲《さ》いており、それをお后《きさき》（お母様《かあさま》）とたくさん摘《つ》みました。それからフロリナはそのシロツメクサの茎《くき》を絡《から》め編《あ》んで花冠《はなかんむり》を作《つく》りました。それをお母様《かあさま》の頭《あたま》に乗《の》せるとなぜか心《こころ》の中《なか》がくすぐったくなり、ウフフと笑《わら》いが出《で》るのです。するとお母様《かあさま》も同《おな》じようにウフフと笑《わら》ってフロリナの手《て》を取《と》り、

「あなたはお花《はな》のようにかわいい子《こ》ね」

と言《い》いながら、ムラサキツメクサのブレスレットを手首《てくび》に巻《ま》きつけました。

手《て》に持《も》ったタンポポに蝶々《ちょうちょう》がとまり、蜜《みつ》を吸《す》う様子《ようす》を、二人《ふたり》はじーっと見《み》つめました。

蝶々《ちょうちょう》はお腹《なか》がいっぱいになったのか、違《ちが》う花《はな》の蜜《みつ》を吸《す》いたくなったのか、飛《と》んでいってしまいました。

「あ！　行《い》っちゃったー」と言《い》うときは、決《き》まって切《せつ》ない気持《きも》ちになるのでした。

野原《のはら》の真《ま》ん中辺《なかあた》りに物入《ものい》れの小屋《こや》があり、夏《なつ》になると小屋《こや》の柱《はしら》にはアイビーが絡《から》みつきました。その横《よこ》には自生《じせい》しているブドウがつるを伸《の》ばしています。アイビーとブドウのつるはどちらが長《なが》いかを当《あ》てっこし合《あ》いました。

お母様《かあさま》が、

「ブドウのつる、伸《の》びてくださいね」

と言《い》うと、フロリナは、

「アイビー、もっともっと伸《の》びてくださいね」

と言《い》います。

そして次《つぎ》にここを訪《おとず》れては、またつるの長《なが》さを測《はか》り、どちらが長《なが》いかを競《きそ》うのです。

つるの成長《せいちょう》が止《と》まる頃《ころ》にはナラの木《き》からどんぐりが落《お》ち始《はじ》めました。それからかわいい

Mami

ピンクの小《ちい》さな花《はな》をつけるエリカが咲《さ》く季節《きせつ》がやってくるのです。スノードロップが辺《あた》り一面《いちめん》に絨毯《じゅうたん》のように広《ひろ》がると、その真《ま》っ白《しろ》い小《ちい》さなしずく形《がた》の花《はな》は目《め》を楽《たの》しませてくれました。そして、またシロツメクサの咲《さ》く暖《あたた》かい春《はる》がやってくるのです。

田舎《いなか》に来《き》たような、この作《つく》り込《こ》まれていない自然《しぜん》の中《なか》で母《はは》と過《す》ごす時間《じかん》が、フロリナは何《なに》より楽《たの》しみでした。

四季《しき》の移《うつ》り変《か》わりとともに楽《たの》しめたのは、空《そら》の色《いろ》。雲《くも》がゆっくりと流《なが》れていく青空《あおぞら》も、暮《く》れゆく頃《ころ》のオレンジとピンク、紫《むらさき》や紺《こん》のグラデーションの色《いろ》も。四季《しき》ごとに変化《へんか》する美《うつく》しい枝々《えだえだ》の合間《あいま》から差《さ》し込《こ》む光《ひかり》のきらめきや小鳥《ことり》たちのさえずりも。雨《あめ》が降《ふ》る前《まえ》の空気《くうき》の匂《にお》いや、雨上《あめあ》がりのカエルの鳴《な》き声《ごえ》、水《みず》たまりのおたまじゃくしも好《す》きでした。自然《しぜん》と戯《たわむ》れるこの時間《じかん》こそがフロリナの心《こころ》を揺《ゆ》り動《うご》かし、さまざまな感情《かんじょう》を育《はぐく》んだのです。

「ここではいつも感動的《かんどうてき》なものに出会《であ》えるわ！」

とフロリナはよく言《い》いました。

母《はは》と過《す》ごす野原《のはら》はなんと晴《は》れやかに美《うつく》しく見《み》えたことでしょう。

ここを訪《おとず》れるとき、お后《きさき》はフロリナに幾度《いくど》となく同《おな》じことを言《い》い聞《き》かせました。

「フロリナ、この大《おお》きな空《そら》が青《あお》く澄《す》み渡《わた》るときと、雲《くも》が覆《おお》い被《かぶ》さって雷《かみなり》が落《お》ちるときとがあるように、この世《よ》には善《ぜん》と悪《あく》が混在《こんざい》しているの。だから私《わたし》はいつもあなたのことを守《まも》っているわ。でもいつの日《ひ》か、しっかりと自分《じぶん》で立《た》って歩《ある》いていかなければならないときが来《く》る。そのときには、私《わたし》が言《い》ったことを思《おも》い出《だ》してね。

あなたの名前《なまえ》は『花《はな》』（フロリナ）。すべての花《はな》にはいくつものお守《まも》りとされている言葉《ことば》が宿《やど》っているわ。嬉《うれ》しいときにはその言葉《ことば》で大《おお》いに癒《い》やされるのよ。逆《ぎゃく》につらく苦《くる》しいときにはお守《まも》りとして受《う》け止《と》めて、しっかりと前《まえ》を向《む》いて歩《ある》きなさい。その先《さき》に必《かなら》ず出口《でぐち》があるわ。それから、自分《じぶん》を成長《せいちょう》させてくれるものをよく見《み》なさい」

当時《とうじ》の幼《おさな》いフロリナは、この言葉《ことば》のすべてを理解《りかい》しているわけではありませんでした。

しかし、何度《なんど》も何度《なんど》も同《おな》じ言葉《ことば》を言《い》い聞《き》かされているうちに、母《はは》の言葉《ことば》をすっかり覚《おぼ》えてしまいました。フロリナはいつもお母様《かあさま》と一緒《いっしょ》に笑《わら》ってこれを唱《とな》えました。

そして今《いま》、その言葉《ことば》の意味《いみ》がはっきりとわかる歳《とし》になったのです。

母《はは》は娘《むすめ》に、遊《あそ》んでいる間《あいだ》にもしっかりと心《こころ》に布石《ふせき》を打《う》っていたのです。

Aika

9 邪魔者《じゃまもの》

さて一方《いっぽう》、お后《きさき》は二年《にねん》もの間《あいだ》、トリュトンヌを結婚《けっこん》させようと近隣《きんりん》の王子《おうじ》たちに手当《てあ》たり次第《しだい》に手紙《てがみ》を出《だ》し続《つづ》けていました。しかし、毎度《まいど》すぐに断《ことわ》られてしまいます。

ある日《ひ》のこと、ある国《くに》の王子《おうじ》の言葉《ことば》がお后《きさき》とトリュトンヌの耳《みみ》に入《はい》りました。

「愛《あい》らしいフロリナ姫《ひめ》なら喜《よろこ》んでお受《う》けいたします。しかし、トリュトンヌ姫《ひめ》となると話《はなし》は別《べつ》です。私《わたし》が一生独《いっしょうひと》り身《み》でいたとしても誰《だれ》も文句《もんく》は言《い》いませんよ」

これを聞《き》き、またもやフロリナのことが憎《にく》らしくてたまりません。

「ああ！　隣国《りんごく》の王子《おうじ》たちはなぜフロリナのかわいさを知《し》っている！　なぜフロリナはいつも私《わたし》たちの邪魔《じゃま》をするの！　秘密《ひみつ》の画家《がか》でも雇《やと》って肖像画《しょうぞうが》を描《か》いてもらっているのね。そうよ、王子《おうじ》たちに送《おく》り届《とど》けているのだわ！　これは反逆罪《はんぎゃくざい》よ。こらしめてやらなくては！」

なんと、勝手《かって》な思《おも》い込《こ》みで腹《はら》わたが煮《に》えくり返《かえ》るほどの嫉妬《しっと》にさいなまれた二人《ふたり》は、その晩《ばん》、フロリナのいる塔《とう》へと上《のぼ》っていったのです。

フロリナはちょうどそのとき、いつものように青《あお》い鳥《とり》と愛《あい》の歌《うた》をうたっていました。

「真実《しんじつ》の愛《あい》を誓《ちか》ったばかりに　つらく悲《かな》しい運命《うんめい》を背負《せお》ってしまったの
しかし深《ふか》い苦《くる》しみに負《ま》けません　私《わたし》たちの心《こころ》は離《はな》れません　愛《あい》に勝《まさ》るものはないのです」

うたい終《お》わると、フロリナと青《あお》い鳥《とり》は顔《かお》を見合《みあ》わせて悲《かな》しげに微笑《ほほえ》みました。

そこへお后《きさき》が叫《さけ》び、乱暴《らんぼう》に部屋《へや》の中《なか》に飛《と》び込《こ》みました。

「思《おも》ったとおりだね、フロリナ！」

フロリナはとっさに小窓《こまど》を開《あ》け、青《あお》い鳥《とり》が逃《に》げられるようにしました。

お后《きさき》とトリュトンヌは、今《いま》にも取《と》って食《く》おうとしている怪物《かいぶつ》のようにフロリナに襲《おそ》い掛《か》かりました。

「誰《だれ》と話《はな》しているのだい！　おまえが策略《さくりゃく》を練《ね》っていることは知《し》っているよ。姫《ひめ》だからって許《ゆる》されることじゃないよ」

「何《なに》のことでしょう。私《わたくし》がどのような策略《さくりゃく》を？」

お后《きさき》とトリュトンヌはハッとしました。

部屋《へや》には花《はな》が撒《ま》かれ、太陽《たいよう》のように輝《かがや》かしく光《ひか》る数々《かずかず》の宝石《ほうせき》で着飾《きかざ》ったフロリナの姿《すがた》があったのです。その姿《すがた》はどこからどう見《み》ても王女《おうじょ》そのもの。その美《うつく》しさといったら目《め》もくらむほどです。

「いったい、その宝石《ほうせき》や花《はな》はどうやって手《て》に入《い》れたの？　ネズミが掘《ほ》ってきたとでも言《い》うのかい？」

「これは天《てん》から降《ふ》ってきたものです」

「そんなことを信《しん》じるとでも思《おも》うのかい？　朝《あさ》から晩《ばん》まで何《なに》をしているのかと思《おも》ったら！　誰《だれ》をたぶらかしているのかい！」

お后《きさき》はフロリナをにらみつけました。

「では、魔法使《まほうつか》いとでも言《い》いましょう」

「わけのわからない言《い》い訳《わけ》はおよし！　髪《かみ》を結《ゆ》ったり、香水《こうすい》が香《かお》ったり、立派《りっぱ》な宝石《ほうせき》を着《つ》けているのは、いったいどういうわけですか？」

「私《わたくし》には暇《ひま》があります。ですから好《す》きなだけ時間《じかん》を使《つか》って身支度《みじたく》ができます。でも残念《ざんねん》なことに、泣《な》いて過《す》ごす時間《じかん》のほうがずっと長《なが》いのです」

お后《きさき》はわめきだしました。

「ああ、そんなことを聞《き》いているんじゃないよ！　さあ、誰《だれ》かが来《き》ている証拠《しょうこ》を探《さが》し出《だ》すのよ」

お后《きさき》とトリュトンヌは、部屋《へや》をあちらこちら探《さが》し回《まわ》り、とうとう布団《ふとん》やシーツをはぎました。中《なか》からはたくさんのダイヤモンドや金《きん》、ルビーにガーネットなど色《いろ》とりどりの素晴《すば》らしい宝石《ほうせき》が出《で》てきました。

お后《きさき》とトリュトンヌは愕然《がくぜん》とし、あわあわと後《あと》ずさりをしました。

「トリュトンヌ見《み》てごらんなさい、不審者《ふしんしゃ》がフロリナの味方《みかた》をしている証拠《しょうこ》よ」

「いったい誰《だれ》から手《て》に入《い》れたの。すごいわ！　私《わたし》も欲《ほ》しい！」

と、トリュトンヌもお后《きさき》に続《つづ》いて、あわてふためいた様子《ようす》で言《い》いました。

それからお后《きさき》は、フロリナを罪人《ざいにん》に仕立《した》て上《あ》げるために持《も》ってきた、でっちあげの手紙《てがみ》を暖炉《だんろ》に隠《かく》そうとしました。

そのときです！　フロリナが小窓《こまど》を開《あ》けたにもかかわらず、逃《に》げずにとどまり、穴《あな》の開《あ》いたカーテンの隙間《すきま》から事《こと》の一部始終《いちぶしじゅう》を見《み》ていた青《あお》い鳥《とり》が叫《さけ》びました。

「フロリナ姫《ひめ》、気《き》をつけるのです！　あなたを陥《おとしい》れようとしています！」

お后《きさき》は思《おも》いがけない声《こえ》にびっくりして手紙《てがみ》を隠《かく》すのをやめました。

「お聞《き》きいただけましたか。この部屋《へや》には私《わたくし》を守《まも》ってくれる魔法使《まほうつか》いがいるのです」

「あらまあ、悪魔《あくま》が取《と》り憑《つ》いているようね！　しかし、父上《ちちうえ》は何《なん》とおっしゃるか！　あなたをこらしめてくれるでしょう」

お后《きさき》は怒《おこ》って叫《さけ》びました。

「お父様《とうさま》は理由《りゆう》なく怒《おこ》りませんし、こらしめもしません。それより何《なん》でしょう。何《なに》か気《き》に入《い》らないことがあって私《わたくし》をいじめにいらしたのでしょう。あなた方《がた》の怒《いか》りは恐《おそ》ろしく醜《みにく》いものですよ」

フロリナは悠々《ゆうゆう》と落《お》ち着《つ》いた表情《ひょうじょう》で負《ま》けずに答《こた》えました。フロリナが初《はじ》めて見《み》せた抵抗《ていこう》でした。

お后《きさき》とトリュトンヌがフロリナをいじめたいのは図星《ずぼし》です。二人《ふたり》は怒《いか》りと恥《は》ずかしさのあまり、どうしたらよいのかわからなくなり、どすどすと大《おお》きな足音《あしおと》を立《た》てて帰《かえ》っていきました。

結局《けっきょく》、怒鳴《どな》るだけ怒鳴《どな》って出《で》ていったお后《きさき》に、フロリナはホッと胸《むね》をなでおろしました。

「あの方《かた》たち、私《わたくし》に『悪魔《あくま》が取《と》り憑《つ》いているようね』と言《い》ったわ。こんなにも美《うつく》しい宝石《ほうせき》を持《も》ってきてくれる者《もの》や、私《わたくし》を守《まも》ろうとしてくれる声《こえ》を悪魔《あくま》と言《い》うなんて失礼《しつれい》だわ。悪魔《あくま》ではなく、良《よ》い魔法使《まほうつか》いのなせるわざだと思《おも》いませんこと？」

「ハッハ、そのとおりだ。邪悪《じゃあく》で陰険《いんけん》な人《ひと》はどこまでもあまのじゃくなのだよ」

二人《ふたり》はそう話《はな》しながらも、お后《きさき》が次《つぎ》に何《なに》をしてくるのだろうかと思《おも》うと不安《ふあん》でたまりませんでした。

10 ただならぬ嫉妬《しっと》

次《つぎ》の日《ひ》、お后《きさき》はフロリナのところに見張《みは》りの娘《むすめ》を一人《ひとり》送《おく》りました。フロリナは何《なに》もしゃべらない冷《つめ》たい目《め》をした娘《むすめ》を相手《あいて》にしようとも思《おも》いませんでした。

しかし、見張《みは》りがいては愛《いと》しい青《あお》い鳥《とり》を部屋《へや》に入《い》れるわけにはいきません。もしここへ入《い》れてしまったら愛《いと》しい人《ひと》の命《いのち》を危険《きけん》にさらすのと同《おな》じことになるのです。

フロリナは思《おも》いました。慰《なぐさ》め合《あ》い、愛情《あいじょう》を確《たし》かめ合《あ》い、とても幸《しあわ》せに二年《にねん》が過《す》ぎたわ。これから私《わたくし》たちの運命《うんめい》はどうなるのかしら。フロリナは悲惨《ひさん》な運命《うんめい》にどうやって立《た》ち向《む》かったらよいのかわからなくなり、悲《かな》しくなって泣《な》きました。

塔《とう》の周《まわ》りを青《あお》い鳥《とり》が飛《と》んでいても窓《まど》を開《あ》けることはできません。なんとか会《あ》える手段《しゅだん》はないかと考《かんが》えましたが、良《よ》い方法《ほうほう》は何一《なにひと》つ思《おも》い浮《う》かびませんでした。

絶望《ぜつぼう》の中《なか》、一カ月《いっかげつ》が過《す》ぎました。

シャルマン王《おう》は、愛《あい》する人《ひと》に会《あ》えないことがこんなにも苦《くる》しいものかと思《おも》いました。そして鳥《とり》の姿《すがた》に変《か》えられたことを心《こころ》の底《そこ》からつらいと思《おも》いました。

見張《みは》りの娘《むすめ》は昼《ひる》も夜《よる》も眠《ねむ》らずに、フロリナを見張《みは》っていました。しかしある晩《ばん》、とうとう眠気《ねむけ》に勝《か》てず、ぐっすりと眠《ねむ》ってしまいました。

それを見《み》たフロリナはすぐに窓《まど》を開《あ》けてうたいました。

「青空色《あおぞらいろ》の美《うつく》しい鳥《とり》さん、今《いま》すぐここに飛《と》んできて」

それを聞《き》いた青《あお》い鳥《とり》は一目散《いちもくさん》に飛《と》んできました。

「ああ、フロリナ姫《ひめ》、無事《ぶじ》でしたか」

会《あ》えた喜《よろこ》びはどれほどのものだったでしょう。会《あ》えなかった苦《くる》しみの中《なか》、やせてしまったフロリナを見《み》て、青《あお》い鳥《とり》は心配《しんぱい》しました。二人《ふたり》はまた愛《あい》と忠誠《ちゅうせい》を何度《なんど》も誓《ちか》い合《あ》いました。

そして翌日《よくじつ》も、その翌日《よくじつ》も見張《みは》りの娘《むすめ》は眠《ねむ》り込《こ》んだので、フロリナと青《あお》い鳥《とり》は愛《あい》を確《たし》かめ合《あ》いました。歌《うた》をうたえず、踊《おど》ることもできない二人《ふたり》でしたが、静《しず》かに時《とき》を過《す》ごすのも幸《しあわ》せでした。

そして四日目《よっかめ》の夜《よる》、見張《みは》り番《ばん》の娘《むすめ》はかすかな物音《ものおと》で目《め》を覚《さ》ましました。

　聞《き》き耳《みみ》を立《た》てて、そっと目《め》を開《あ》けてみると、月明《つきあ》かりに照《て》らされた窓辺《まどべ》に世《よ》にも美《うつく》しい鳥《とり》がいるのを見《み》ました。なんと、その鳥《とり》は姫《ひめ》に話《はな》し掛《か》けながら爪《つめ》で優《やさ》しく姫《ひめ》の手《て》をなでています。それから姫《ひめ》も鳥《とり》を優《やさ》しくなでているではありませんか。恋人《こいびと》のように寄《よ》り添《そ》い、愛《あい》を語《かた》り合《あ》うフロリナと青《あお》い鳥《とり》を目《め》にした娘《むすめ》は、たまげてしまいました。

　日《ひ》が昇《のぼ》る前《まえ》にフロリナは、青《あお》い鳥《とり》を見送《みおく》りました。その日《ひ》、フロリナは何《なに》か良《よ》くないことが起《お》こりそうな気《き》がしていました。

　朝《あさ》、見張《みは》りの娘《むすめ》は急《いそ》いでお后《きさき》のところへ行《い》き、事《こと》の一部始終《いちぶしじゅう》を話《はな》しました。お后《きさき》は、その鳥《とり》こそがスーシオが青《あお》い鳥《とり》に変《か》えたシャルマン王《おう》だと確信《かくしん》したのです。

「何《なん》たる侮辱《ぶじょく》！」

　お后《きさき》は宮殿中《きゅうでんじゅう》に聞《き》こえるかのような叫《さけ》び声《ごえ》を上《あ》げました。そしてトリュトンヌに言《い》いました。

「ああ、私《わたし》のかわいいトリュトンヌ。あのうぬぼれやのフロリナが悲《かな》しんでいるかと思《おも》いきや、あの恩知《おんし》らずのシャルマン王《おう》と仲良《なかよ》く楽《たの》しんでいるのよ！　ああ、憎《にく》たらしいわね！　こうなったら誰《だれ》もが腰《こし》を抜《ぬ》かすような血《ち》まみれの復讐《ふくしゅう》をしてやるわ！」

　こう言《い》い放《はな》ったお后《きさき》の顔《かお》は、気味《きみ》の悪《わる》い化《ば》け物《もの》のようでした。トリュトンヌの目《め》は怒《いか》りのあまり血走《ちばし》っていました。

11 恐怖《きょうふ》

見張《みは》り番《ばん》の娘《むすめ》はフロリナのところに戻《もど》され、その日《ひ》の晩《ばん》も眠《ねむ》ったふりをして様子《ようす》を見《み》ていました。フロリナは今日《きょう》もうたいました。

「青空色《あおぞらいろ》の美《うつく》しい鳥《とり》さん、今《いま》すぐここに飛《と》んできて」

けれども、青《あお》い鳥《とり》は来《き》ません。何度《なんど》呼《よ》び続《つづ》けたことでしょう。それでも青《あお》い鳥《とり》は来《こ》ないのです。なんと、フロリナの悪《わる》い予感《よかん》は当《あ》たってしまったのです。

お后《きさき》は昼間《ひるま》、思《おも》いつく限《かぎ》りのありとあらゆる悪辣《あくらつ》な方法《ほうほう》を考《かんが》えました。塔《とう》の窓《まど》の向《む》かいにある高《たか》いヒノキの木《き》に青《あお》い鳥《とり》が出入《でい》りしているのを確《たし》かめると、召使《めしつか》いを二人《ふたり》呼《よ》び出《だ》しました。

「いいこと、この見事《みごと》な宝石《ほうせき》をあなたたちにあげるわ。その代《か》わり、少《すこ》しお手伝《てつだ》いをしてちょうだい。一番高《いちばんたか》いヒノキの木《き》の下《した》でほんのちょっと話《はなし》をしてほしいだけよ」

召使《めしつか》いは戸惑《とまど》いました。少《すこ》し手伝《てつだ》いをするというだけで、こんなにも立派《りっぱ》な宝石《ほうせき》をもらうことができるなんて怪《あや》しいと思《おも》ったからです。しかし、目《め》の前《まえ》にある美《うつく》しい宝石《ほうせき》を逃《のが》すわけにはいきません。召使《めしつか》いたちは、お后《きさき》に従《したが》いました。

宝石《ほうせき》を着《つ》けると気持《きも》ちが高《たか》ぶり、優越感《ゆうえつかん》に浸《ひた》りました。それで、他《ほか》のことはもうどうでもよくなり、なぜ木《き》の下《した》で話《はなし》をするのかまでは全《まった》く気《き》にしませんでした。召使《めしつか》いの二人《ふたり》はこう言《い》いました。

「フロリナ姫《ひめ》は考《かんが》えを改《あらた》めたそうよ。とうとうお后様《きさきさま》の言《い》うことを聞《き》くことにしたんですって」

「塔《とう》から出《だ》してもらう約束《やくそく》なのよ」

青《あお》い鳥《とり》は巣《す》にこもり、身《み》をひそめて聞《き》いていました。でも「そんな話《はなし》は作《つく》り話《ばなし》だ」と、全《まった》く信《しん》じずに、うとうとと眠《ねむ》りに就《つ》いたのです。

そう、フロリナの歌声《うたごえ》を聞《き》くまでは・・・。

その夜《よる》も美《うつく》しいフロリナの歌声《うたごえ》が聞《き》こえてきました。青《あお》い鳥《とり》は飛《と》び立《た》とうと羽根《はね》を広《ひろ》げました。すると広《ひろ》げた羽根《はね》に刀《かたな》が突《つ》き刺《さ》さりました。倒《たお》れたはずみに剣《つるぎ》で羽根《はね》を切《き》りました。よろけて枝《えだ》にもたれかかるとカミソリで足《あし》を切《き》りました。

青《あお》い鳥《とり》の目《め》の前《まえ》には、枝《えだ》にぶら下《さ》がった数々《かずかず》の刃物《はもの》が、風《かぜ》にゆらゆらと揺《ゆ》れていたのです。恐《おそ》ろしくなった青《あお》い鳥《とり》は、必死《ひっし》に巣穴《すあな》に這《は》い戻《もど》りました。傷《きず》だらけで血《ち》まみれになり、飛《と》ぶことができません。

そう、これがあのお后《きさき》の復讐《ふくしゅう》だったのです。

お后《きさき》は木《き》に剣《つるぎ》や刀《かたな》、カミソリや短剣《たんけん》を何本《なんぼん》もぶら下《さ》げるように、召使《めしつか》いに命《めい》じていたのです。傷《きず》ついた青《あお》い鳥《とり》はそのとき初《はじ》めて、昼間《ひるま》の噂話《うわさばなし》は本当《ほんとう》だったのだと確信《かくしん》しました。そして苦《くる》しそうに言《い》いました。

「フロリナ姫《ひめ》、なぜ敵《てき》に私《わたし》を売《う》ったのです・・・。七年間《しちねんかん》は長過《なが す》ぎましたか。あなたに裏切《うらぎ》られるくらいなら、いっそこの恐《おそ》ろしくぶら下《さ》がっている刀《かたな》で死《し》んでしまおうではないか」

青《あお》い鳥《とり》はフロリナがお后《きさき》に従《したが》ってしまったのだと信《しん》じ込《こ》み、悲《かな》しみと絶望《ぜつぼう》に暮《く》れました。

強《つよ》く信《しん》じ合《あ》う仲《なか》にも、一度《いちど》でも疑《うたが》いの気持《きも》ちを持《も》つと不信感《ふしんかん》が生《う》まれます

人《ひと》の心《こころ》は移《うつ》ろいやすいもの

愛《あい》は情《じょう》を支配《しはい》するのです

12 魔法使《まほうつか》いに助《たす》けられ

一方《いっぽう》、スーシオの館《やかた》で突然《とつぜん》、主《あるじ》のシャルマン王《おう》がいなくなったことに気《き》が付《つ》いた、翼《つばさ》のある馬《うま》はどうしたらよいのかわからず、シャルマン王《おう》の親友《しんゆう》の魔法使《まほうつか》いのところへ戻《もど》りました。

馬《うま》が戻《もど》ってきたことに驚《おどろ》いた魔法使《まほうつか》いは、王《おう》の身《み》に何《なに》か起《お》きたのかと心配《しんぱい》になりました。それから必死《ひっし》になって王《おう》を捜《さが》しました。聞《き》き込《こ》みをしながら世界《せかい》を何周《なんしゅう》したことでしょう。そうです、人間《にんげん》の姿《すがた》ではなくなっている王《おう》を見《み》つけられるはずはなかったのです。いくら捜《さが》しても見《み》つからないので、シャルマン王《おう》が滞在《たいざい》していたフロリナ姫《ひめ》の宮殿《きゅうでん》へ向《む》かいました。

魔法使《まほうつか》いはシャルマン王《おう》との友人《ゆうじん》の証《あかし》の角笛《つのぶえ》を吹《ふ》きながらやってきました。角笛《つのぶえ》はシャルマン王《おう》にだけ聞《き》こえ届《とど》くようになっていました。

シャルマン王《おう》はその音《おと》に気《き》がついて言《い》いました。

「おお友《とも》よ、私《わたし》はここにいる」

魔法使《まほうつか》いはきょろきょろと辺《あた》りを見回《みまわ》しましたが何《なに》も見《み》えません。

「私《わたし》だ、シャルマンだ。今《いま》は人《ひと》の姿《すがた》ではない。青《あお》い鳥《とり》になっているのだよ」

王《おう》は弱々《よわよわ》しい声《こえ》で言《い》いました。目《め》はもうろうとしていて疲《つか》れ切《き》っていました。魔法使《まほうつか》いは声《こえ》を頼《たよ》りに青《あお》い鳥《とり》を見《み》つけ出《だ》し、優《やさ》しく抱《だ》きかかえると、呪文《じゅもん》を唱《とな》えました。たちまち傷《きず》は治《なお》りました。

シャルマン王《おう》が、鳥《とり》の姿《すがた》に変《か》えられたことや怪我《けが》をしたいきさつを話《はな》し終《お》えると、魔法使《まほうつか》いは「ここでの出来事《できごと》はすべて忘《わす》れるように」と言《い》いました。

「失恋《しつれん》の痛《いた》み、悲《かな》しみは、時《とき》が癒《い》やしてくれるのを待《ま》つほかありません。今《いま》は、つらさや苦《くる》しみに耐《た》えるよりほかないのです。ひたすらに思《おも》い詰《つ》めては胸《むね》が張《は》り裂《さ》けそうになるでしょう。恋《こい》する人《ひと》たちは人《ひと》の言《い》うことには耳《みみ》を貸《か》さないのですから。ただ時間《じかん》が経《た》つのを待《ま》つのみなのです」

王《おう》は寂《さび》しそうにうなずきました。体《からだ》の傷《きず》は魔法《まほう》で治《なお》っても、心《こころ》の傷《きず》は深《ふか》く刻《きざ》み込《こ》まれてしまっているのですから。

シャルマン王《おう》は魔法使《まほうつか》いに、自国《じこく》に帰《かえ》る相談《そうだん》を始《はじ》めました。しかし、国王《こくおう》が鳥《とり》の姿《すがた》になったことが知《し》れてしまっては、国民《こくみん》が何《なん》と言《い》うでしょう。そもそも鳥《とり》になったことを信《しん》じる者《もの》がいるでしょうか。

魔法使《まほうつか》いは青《あお》い鳥《とり》を連《つ》れて、ゆっくりと住処《すみか》に戻《もど》っていきました。

フロリナは、青《あお》い鳥《とり》を呼《よ》び続《つづ》けていました。

「青空色《あおぞらいろ》の美《うつく》しい鳥《とり》さん、今《いま》すぐここに飛《と》んできて」

見張《みは》りの娘《むすめ》がいても、もう構《かま》いませんでした。窓《まど》を閉《し》められても呼《よ》び続《つづ》けました。そして、その声《こえ》はだんだんと弱《よわ》くなっていきました。もう食事《しょくじ》も喉《のど》を通《とお》らず、意識《いしき》を保《たも》っているのがやっとです。あれほどかわいくて元気《げんき》だったフロリナが、今《いま》やますますやせて顔色《かおいろ》が悪《わる》くなっていました。

「シャルマン王《おう》、何《なに》があったのですか。敵《てき》に捕《つか》まってひどい目《め》に遭《あ》っているのでしょうか。ああ、なんて恐《おそ》ろしい。なんて悲《かな》しいことでしょう。もうお会《あ》いすることはできないのですか。私《わたくし》を見捨《みす》ててしまわれたのかしら」

恐《おそ》ろしいことのすべてがシャルマン王《おう》に起《お》こってしまったのだと考《かんが》え、恐怖《きょうふ》が波《なみ》のように押《お》し寄《よ》せるのでした。

お后《きさき》とトリュトンヌは無慈悲《むじひ》にも、木《き》の下《した》に青《あお》い鳥《とり》の血《ち》がポタポタと落《お》ちているのを見《み》て、勝《か》ち誇《ほこ》っていました。悔《くや》しさもすっかり忘《わす》れて、復讐《ふくしゅう》を果《は》たした喜《よろこ》びに浸《ひた》っていました。

「青《あお》い鳥《とり》のシャルマン王《おう》！　私《わたし》のかわいいトリュトンヌと結婚《けっこん》しない罰《ばつ》よ！　傷《きず》つき血《ち》まみれになって許《ゆる》しを請《こ》いなさい」

人《ひと》の中《なか》には、こういう威圧感《いあつかん》や怒《いか》りを丸出《まるだ》しにし、自分《じぶん》が世《よ》の中《なか》を動《うご》かせるものだと勘違《かんちが》いをする人《ひと》がいるものです。

そういうことを、はしたないこととは気《き》がつかずに過《す》ごしているのです。

13 父王《ちちおう》の手紙《てがみ》

そうしている間《あいだ》に、年老《としお》いたフロリナの父《ちち》である国王《こくおう》は病《やまい》に倒《たお》れ、床《とこ》に臥《ふ》せました。

そして、「フロリナに会《あ》いたい」と言《い》い続《つづ》けました。しかし、お后《きさき》は王《おう》が動《うご》けないのを良《よ》いことに、望《のぞ》みを叶《かな》えませんでした。お后《きさき》は実《じつ》に情《なさ》け容赦《ようしゃ》ない悪人《あくにん》です。

王《おう》はフロリナに会《あ》いたがりながら、とうとう息絶《いきた》えました。

国民《こくみん》は嘆《なげ》き悲《かな》しみました。しかし、人々《ひとびと》はまだ希望《きぼう》を持《も》っていました。たくさんの花束《はなたば》を持《も》って宮殿《きゅうでん》へと押《お》し掛《か》け、口々《くちぐち》に叫《さけ》んだのです。

「フロリナ姫《ひめ》はどこだ！」

「フロリナ姫《ひめ》こそ女王《じょおう》にふさわしい！」

そこへ腹《はら》を立《た》てたお后《きさき》が傲慢《ごうまん》な態度《たいど》でバルコニーに姿《すがた》を見《み》せ、民衆《みんしゅう》に罵声《ばせい》を浴《あ》びせました。騒《さわ》ぎはますますひどくなり、我慢《がまん》の限界《げんかい》だった国民《こくみん》はさらに言《い》いました。

「義理《ぎり》の娘《むすめ》一人《ひとり》すらかわいがれない后《きさき》が、民《たみ》を愛《あい》せるわけがない！」

「おまえは后失格《きさきしっかく》だ！」

お后《きさき》はフンッという高飛車《たかびしゃ》な態度《たいど》で、バルコニーから姿《すがた》を消《け》しました。

しかし、今《いま》まで王《おう》だけに良《よ》い顔《かお》を取《と》り繕《つくろ》っていたお后《きさき》とトリュトンヌには、今《いま》やもう味方《みかた》はいません。

民衆《みんしゅう》は窓《まど》を割《わ》って宮殿《きゅうでん》に入《はい》り込《こ》み、あちこちに散《ち》ってお后《きさき》を捜《さが》しました。そして、お后《きさき》を見《み》つけ出《だ》すと、殺《ころ》してしまいました・・・。

それはあっけないほど、あっという間《ま》の出来事《できごと》でした。

騒《さわ》ぎの中《なか》で、トリュトンヌはひっそりと身《み》を隠《かく》しました。そして騒《さわ》ぎが収《おさ》まったのを見計《みはか》らい急《いそ》いで荷物《にもつ》をまとめると、ぶつぶつぶうぶう言《い》いながら、スーシオのところへ避難《ひなん》しました。

国中《くにじゅう》の大臣《だいじん》が集《あつ》まって話《はな》し合《あ》いがまとまりました。

一同《いちどう》は、国民《こくみん》から託《たく》された抱《かか》えきれないほどの花束《はなたば》を持《も》って、フロリナ姫《ひめ》がいる塔《とう》へ上《のぼ》っていきました。

その頃《ころ》、姫《ひめ》は重《おも》い病気《びょうき》にかかって寝込《ねこ》んでいたため、父王《ちちおう》が亡《な》くなったこともお后《きさき》が殺《ころ》されたことも知《し》らされていませんでした。

フロリナは病床《びょうしょう》で大勢《おおぜい》の人《ひと》の足音《あしおと》が近《ちか》づいてくるのを聞《き》きました。そして、いよいよ殺《ころ》される日《ひ》が来たのだと思《おも》いました。しかし、全《まった》く怖《こわ》くはありませんでした。青《あお》い鳥《とり》がいなくなった今《いま》、生《い》きていく意味《いみ》さえもないと感《かん》じていたからです。

部屋《へや》のドアが開《ひら》き、一同《いちどう》は姫《ひめ》の足《あし》もとにひれ伏《ふ》して言《い》いました。

「あなたは女王《じょおう》です。どうか、この国《くに》をお守《まも》りください」

けれどもフロリナは黙《だま》っていました。

一緒《いっしょ》に塔《とう》を上《のぼ》ってきた侍女《じじょ》たちは、やせ細《ほそ》ったフロリナを見《み》て涙《なみだ》を流《なが》しました。フロリナと楽《たの》しく笑《わら》い合《あ》って一緒《いっしょ》に育《そだ》った幼《おさな》なじみたちだったのです。再《ふたた》びフロリナに会《あ》えたことは、このうえない喜《よろこ》びでした。

臣下《しんか》がフロリナを抱《だ》きかかえ、塔《とう》のてっぺんから宮殿《きゅうでん》のフロリナの部屋《へや》へ連《つ》れていきました。そして、父王《ちちおう》の冠《かんむり》と王《おう》が病床《びょうしょう》で書《か》き遺《のこ》したという手紙《てがみ》をフロリナに手渡《てわた》しました。

手紙《てがみ》にはこう書《か》いてありました。

私《わたし》のかわいいフロリナ
愛《あい》するおまえの母親《ははおや》が亡《な》くなり、私《わたし》は寂《さび》しさに支配《しはい》された。
情《なさ》けないことに自分《じぶん》が見《み》えなくなってしまっていたのだ。
おまえにとっての義母《ぎぼ》は私《わたし》を楽《たの》しませてくれた。
しかし周《まわ》りは楽《たの》しめていない、ということに気《き》がつくのが遅《おそ》かった。
おまえには謝《あやま》っても謝《あやま》りきれない、取《と》り返《かえ》しのつかないことをしてしまった。
申《もう》し訳《わけ》なかった。

愛《あい》する人《ひと》と一緒《いっしょ》になるのだよ。この世《よ》には真実《しんじつ》の愛《あい》に勝《まさ》るものは一《ひと》つもないのだから。
太陽《たいよう》が昇《のぼ》り沈《しず》む、月《つき》が満《み》ち欠《か》けていく、花《はな》が咲《さ》き散《ち》っていく。
そしてこれらはそれを繰《く》り返《かえ》す。
こんな当《あ》たり前《まえ》のことと同《おな》じように、素直《すなお》な心《こころ》のままに進《すす》みなさい。
おまえの華《つぼみ》が大《おお》きな美《うつく》しい花《はな》になることを願《ねが》っているよ。

おまえをいつも愛《あい》する父《ちち》より

Mami

フロリナの目《め》から静《しず》かに涙《なみだ》が落《お》ちました。

侍女《じじょ》たちの手厚《てあつ》い看護《かんご》で、フロリナは次第《しだい》に元気《げんき》を取《と》り戻《もど》していきました。何《なに》よりも、青《あお》い鳥《とり》を捜《さが》しにいきたいという気持《きも》ちがそうさせたのです。

後日《ごじつ》、戴冠式《たいかんしき》が行《おこな》われ、フロリナはそこで国《くに》を任《まか》せられる大臣《だいじん》たちを選《えら》び出《だ》しました。

それから、しばらくの間《あいだ》は留守《るす》にすることを大臣《だいじん》たちに伝《つた》え、国《くに》を託《たく》すと、たくさんの宝石《ほうせき》を荷物《にもつ》に入《い》れて、フロリナ女王《じょおう》はたった一人《ひとり》で青《あお》い鳥《とり》を捜《さが》す旅《たび》に出《で》たのです。

14 犠牲《ぎせい》

さて、シャルマン王《おう》と魔法使《まほうつか》いはいろいろと考《かんが》えた末《すえ》、やはりスーシオに王《おう》を元《もと》の姿《すがた》に戻《もど》してもらえるよう、頼《たの》みにいくことにしました。

二人《ふたり》は空飛《そらと》ぶ馬車《ばしゃ》に乗《の》ってスーシオのところに飛《と》んでいくと、スーシオはちょうどトリュトンヌと話《はなし》をしているところでした。

スーシオと魔法使《まほうつか》いは何百年《なんびゃくねん》もの付《つ》き合《あ》いでしたが、会《あ》うのは数十年《すうじゅうねん》ぶりでした。

「あらまあ、珍《めずら》しい訪問者《ほうもんしゃ》ですわ。私《わたし》はいつでもどこでも歓迎《かんげい》されていないと思《おも》いきや、そちらからいらっしゃるなんて」

スーシオは魔法使《まほうつか》いを見《み》てニヤリとしました。

「だいぶお久《ひさ》しぶりですね、スーシオ。美《うつく》しさに似合《にあ》わず、相変《あいか》わらず不満《ふまん》げですな。面白《おもしろ》くないことでもありましたでしょうか」

「何《なん》のご用《よう》ですか」

「私《わたし》の親友《しんゆう》でひどい目《め》に遭《あ》っている王《おう》のことで伺《うかが》ったのだがね。そろそろ許《ゆる》してもらえないか」

「ああ、どなたのことかと思《おも》ったら、うそつき王《おう》のことですね。たいへん残念《ざんねん》ですが、その鳥《とり》かごに入《はい》っている王《おう》が私《わたし》の名付《なづ》け子《ご》と結婚《けっこん》しない限《かぎ》り許《ゆる》すことはできませんわ。ほら、これが私《わたし》の名付《なづ》け子《ご》ですよ。とても美《うつく》しいでしょう」

魔法使《まほうつか》いはトリュトンヌとほんのひと言《こと》あいさつを交《か》わしただけで、黙《だま》っているほかありませんでした。

しかし、鳥《とり》かごに入《はい》っているシャルマン王《おう》のためにも、話《はなし》をつけずに帰《かえ》ることはできません。

シャルマン王《おう》の国《くに》では、王《おう》があまりに長《なが》い間《あいだ》帰《かえ》ってこないので死《し》んだと噂《うわさ》され、跡継《あとつ》ぎになりたい人々《ひとびと》が悪企《わるだく》みを始《はじ》めていたのです。

それを知《し》ったスーシオは困《こま》りました。トリュトンヌの結婚相手《けっこんあいて》は優雅《ゆうが》で才気《さいき》あふれるシャルマン王《おう》でなくてはなりません。

そこでスーシオは、王《おう》を人間《にんげん》の姿《すがた》に戻《もど》す条件《じょうけん》を出《だ》しました。

「トリュトンヌをシャルマン王《おう》の国《くに》に滞在《たいざい》させます。一緒《いっしょ》に過《す》ごすときが多《おお》くなれば、この子《こ》のことを好《す》きになるでしょう。そして、もし王《おう》がトリュトンヌとの結婚《けっこん》を決意《けつい》しなかったならば、また鳥《とり》に戻《もど》ってもらいますよ。国《くに》へは私《わたし》も同伴《どうはん》いたします」

シャルマン王《おう》はスーシオの魔法《まほう》から解《と》かれた代《か》わりに大《おお》きな犠牲《ぎせい》を負《お》ったのです。

スーシオはトリュトンヌにできる限《かぎ》りの美《うつく》しいドレスを着《き》せて、シャルマン王《おう》の国《くに》へと向《む》かいました。

15 フロリナの旅《たび》

その頃《ころ》フロリナはお百姓《ひゃくしょう》に変装《へんそう》し、旅《たび》を続《つづ》けていました。大切《たいせつ》な人《ひと》がいなくなってからは時間《じかん》が経《た》つのがとても長《なが》く感《かん》じられました。

一人旅《ひとりたび》は、苦《くる》しいという言葉《ことば》がぴったりの旅《たび》でした。

大《おお》きな川《かわ》にかかる壊《こわ》れかけた古《ふる》い橋《はし》を恐《おそ》る恐《おそ》る渡《わた》りました。険《けわ》しい山道《やまみち》を、誰《だれ》が置《お》いていったのかわからないロープを必死《ひっし》でつかんで登《のぼ》り、先《さき》を急《いそ》ぎました。岩《いわ》だらけの下《くだ》り坂《ざか》を転《ころ》がり落《お》ちて擦《す》り傷《きず》をいくつ作《つく》ったかしれません。休《やす》みなく歩《ある》き続《つづ》けたので足《あし》の裏《うら》にはマメができ、それがつぶれて痛《いた》くなり、思《おも》うように歩《ある》けない日《ひ》もありました。雨《あめ》の中《なか》、馬車《ばしゃ》引《ひ》きが勢《いきお》いよく通《とお》りすぎたので、水《みず》たまりの泥《どろ》がはねて掛《か》かり、泥《どろ》まみれになったのは二度三度《にどさんど》どころではありません。

しかし、見掛《みか》ける子《こ》どもたちは皆《みな》、目《め》が合《あ》うと、無邪気《むじゃき》に話《はな》し掛《か》けてきたり、微笑《ほほえ》んでくれたりしました。寂《さび》しい心《こころ》が和《なご》むひと時《とき》でした。

フロリナは、話《はな》し掛《か》けてきた子《こ》どもたちにいつも、

「青《あお》い鳥《とり》を見《み》ませんでしたか？」

と尋《たず》ねました。しかし戻《もど》ってくるのはいつも、

「青《あお》い鳥《とり》なんているの？　見《み》たことないなあ」

という返事《へんじ》でした。

ある町《まち》では不思議《ふしぎ》なものを見《み》ました。

うぬぼれ鏡《かがみ》というものが町《まち》のあちこちで売《う》られていたのです。

すべての鏡《かがみ》は棚《たな》の上《うえ》にありました。そしてそれは、女《おんな》も男《おとこ》も醜《みにく》い人《ひと》ほど美《うつく》しく映《うつ》る鏡《かがみ》でしたから、これを求《もと》めて世界中《せかいじゅう》から性格《せいかく》の悪《わる》い人《ひと》たちが集《あつ》まってくるのでした。

そして鏡《かがみ》に映《うつ》る自分《じぶん》を見《み》て、とことん見惚《みと》れてしまうのです。悪人《あくにん》たちは自分《じぶん》がそれほど悪人《あくにん》だとは思《おも》っていないので、鏡《かがみ》の中《なか》の美《うつく》しく映《うつ》る人物《じんぶつ》が自分《じぶん》なのです。

自分《じぶん》の横《よこ》にいるむっつりとしたぶさいくな他人《たにん》を見《み》ては大笑《おおわら》いをし、鏡《かがみ》の中《なか》の自分《じぶん》をのぞき込《こ》んでうっとりする。石《いし》につまずき、転《ころ》んで怪我《けが》をした他人《たにん》を見《み》ては、まぬけだ

とあざ笑《わら》い、鏡《かがみ》の中《なか》の自分《じぶん》を見《み》ては「美《うつく》しい！」と叫《さけ》ぶ。

町中《まちじゅう》が叫《さけ》び声《ごえ》とため息《いき》と歓喜《かんき》の声《こえ》であふれていました。

悪人《あくにん》たちはその鏡《かがみ》をとても気《き》に入《い》り、こぞって買《か》っていきました。

フロリナは深《ふか》く被《かぶ》った帽子《ぼうし》からちらちらと様子《ようす》を見《み》ていましたが、みるみる恐《おそ》ろしくなり、そしてなぜかとてもおかしくなりました。しかし、恐《おそ》ろしいことに変《か》わりはなかったので、その町《まち》には泊《と》まらずに通《とお》り過《す》ぎました。地味《じみ》で汚《よご》れた目立《めだ》たない格好《かっこう》をしていたおかげで、誰《だれ》からも声《こえ》を掛《か》けられなかったのは幸《さいわ》いでした。

青《あお》い鳥《とり》を捜《さが》し続《つづ》ければ必《かなら》ず会《あ》えると信《しん》じて、フロリナは歩《ある》き続《つづ》けました。

そう、話《はなし》のついでに
あなたに伝《つた》えておきますよ
「自分《じぶん》のことは棚《たな》の上《うえ》に置《お》く」という言葉《ことば》は
うぬぼれ鏡《かがみ》の置《お》き場所《ばしょ》が
棚《たな》の上《うえ》というところから来《き》ています
あなたの周《まわ》りにも
自分《じぶん》のことは棚《たな》に上《あ》げておく人《ひと》が
いませんか？

ある日、疲《つか》れ果《は》ててくたくたになったフロリナは泉《いずみ》に差《さ》し掛《か》かりました。石《いし》の上《うえ》を水《みず》が銀色《ぎんいろ》に輝《かがや》いて流《なが》れています。フロリナはブロンドの髪《かみ》の毛《け》をリボンで結《ゆ》い上《あ》げると、疲《つか》れを癒《い》やすために流《なが》れの中《なか》に足《あし》を入《い》れました。

そこに、節《ふし》のある大《おお》きな杖《つえ》をついた背中《せなか》の曲《ま》がった老婆《ろうば》が通《とお》り掛《か》かりました。

「こんにちは、美《うつく》しいお嬢《じょう》さん。たった一人《ひとり》で何《なに》をしておいでかね」

フロリナは驚《おどろ》いて振《ふ》り向《む》きました。

「おばあさん、こんにちは。私《わたくし》は一人《ひとり》ぼっちではありません。悲《かな》しみや苦《くる》しみや不安《ふあん》がいつも一緒《いっしょ》にいてくれますから」

フロリナの目《め》には今《いま》にもこぼれ落《お》ちそうなくらいの涙《なみだ》があふれていました。

「まあまあ、そんなに若《わか》いのに泣《な》くものじゃありませんよ。そう悲《かな》しまないで私《わたし》に話《はな》してごらんなさい、お嬢《じょう》さんを慰《なぐさ》めることができるかもしれませんよ」

フロリナは優《やさ》しい言葉遣《ことばづか》いのおばあさんに安心《あんしん》し、つらい運命《うんめい》や青《あお》い鳥《とり》を捜《さが》していることなどをすっかり話《はな》しました。

小《ちい》さな老婆《ろうば》はむっくりと立《た》ち上《あ》がると、突然美《とつぜんうつく》しい女性《じょせい》の姿《すがた》に変《か》わって微笑《ほほえ》みました。

「あなたはフロリナですね。私《わたし》は友人《ゆうじん》の魔法使《まほうつか》いの頼《たの》みであなたを捜《さが》していました。やっとあなたに会《あ》えました。あなたの捜《さが》している王《おう》はもう鳥《とり》の姿《すがた》ではありません。スーシオは王《おう》を人間《にんげん》に戻《もど》したのです。王《おう》は国《くに》に帰《かえ》っています。今《いま》からすぐそこへ行《い》き、望《のぞ》みを叶《かな》えなさい。さあ、祈《いの》りの卵《たまご》を一《ひと》つ差《さ》し上《あ》げましょう。困《こま》ったときに願《ねが》いを込《こ》めてこれを割《わ》りなさい。必《かなら》ず助《たす》けになります。それから、この鳩《はと》たちがあなたをシャルマン王《おう》のところまで連《つ》れていってくれます。バスケットにお乗《の》りなさい」

そう言《い》って女性《じょせい》はゆっくりと姿《すがた》を消《け》しました。

フロリナはあわてて女性《じょせい》にお礼《れい》を言《い》いました。

大《おお》いに慰《なぐさ》められたフロリナは、卵《たまご》を大事《だいじ》に袋《ふくろ》にしまうと、疲《つか》れていることをすっかり忘《わす》れて元気《げんき》になりました。

頬《ほお》を赤《あか》らめ、目《め》をきらきらと輝《かがや》かせて、嬉《うれ》しそうに鳩《はと》たちが囲《かこ》んでいるバスケットに乗《の》りました。久《ひさ》しぶりにとてもすがすがしい気分《きぶん》です。

「お願《ねが》いしますね、鳩《はと》さんたち」

すると鳩《はと》たちは優《やさ》しくふわりと浮《う》きました。

それから風《かぜ》を切《き》って昼《ひる》も夜《よる》も飛《と》び続《つづ》けました。

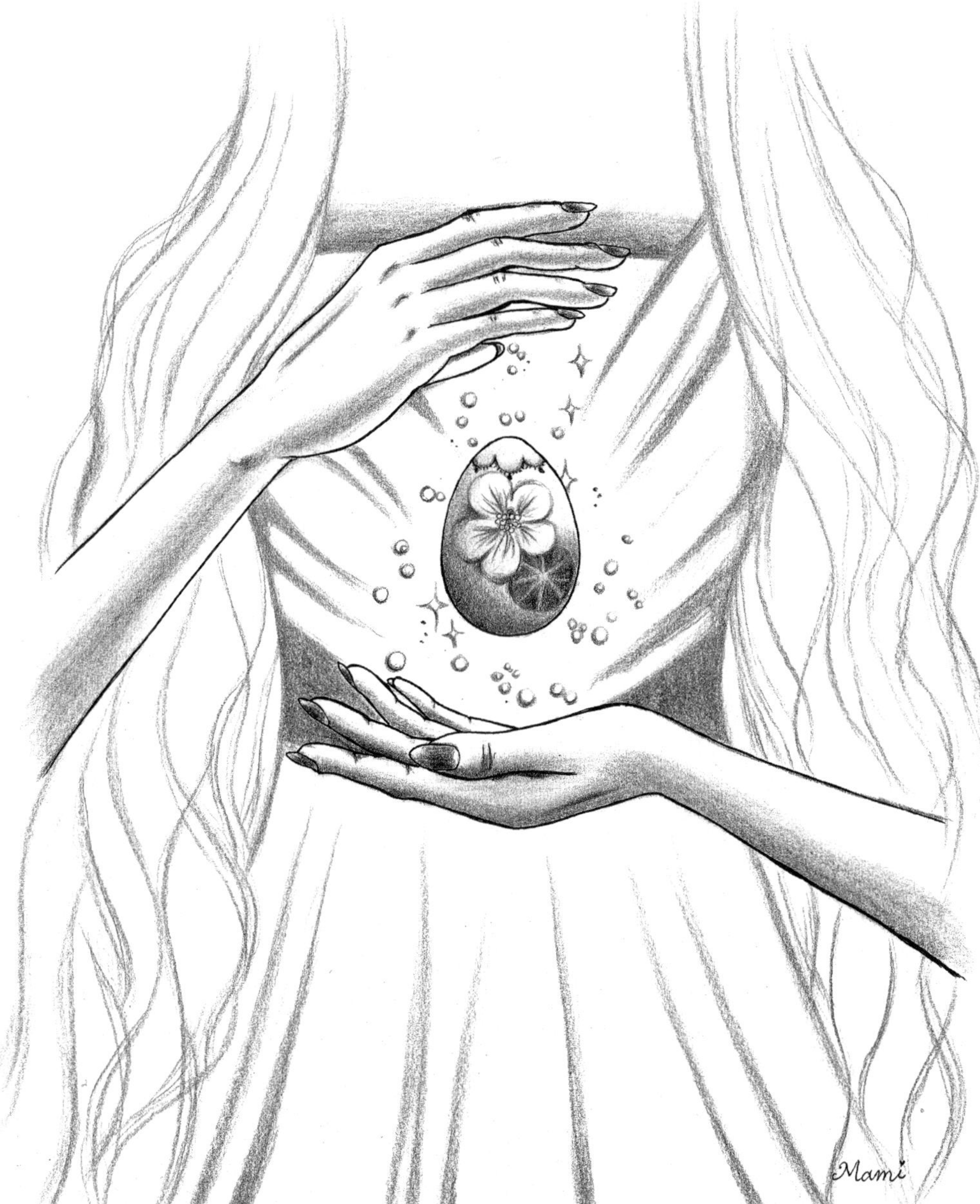
Mami

今《いま》、空《そら》を駆《か》け抜《ぬ》ける風《かぜ》の勢《いきお》いが、すべてのつらいことを消《け》し去《さ》ってくれるようでした。
鳩《はと》たちが飛《と》んでいる間《あいだ》、フロリナはぐっすりと眠《ねむ》ることができました。

16 シャルマン王《おう》の国《くに》

どのくらいの時間《じかん》飛《と》んでいたでしょう。

フロリナはとうとうシャルマン王《おう》の国《くに》の入《い》り口《ぐち》の門《もん》までやってきました。

「かわいいお友達《ともだち》、ありがとう」

鳩《はと》たちにお礼《れい》のキスをすると、鳩《はと》は嬉《うれ》しそうに羽根《はね》をパタパタとさせました。それから、ふわりと飛《と》んで上空《じょうくう》を二回《ふたまわ》りすると、どこかに飛《と》んでいきました。きっと飼《か》い主《ぬし》のところに戻《もど》ったのでしょう。

街《まち》に足《あし》を踏《ふ》み入《い》れたフロリナは胸高鳴《むねたかな》りました。そして早速《さっそく》、通《とお》り掛《が》かりの人《ひと》に城《しろ》への道《みち》を尋《たず》ねました。するとその人《ひと》は、フロリナを頭《あたま》から足《あし》の先《さき》までじろじろとながめ、吐《は》き出《だ》すように、こう言《い》ったのです。

「そんなうす汚《ぎたな》い格好《かっこう》で城《しろ》へ行《い》きたいと言《い》うのかね。顔《かお》を洗《あら》って出直《でなお》すことだね。わが国《くに》の優雅《ゆうが》な王《おう》に失礼《しつれい》だ」

想像《そうぞう》がつくでしょう。フロリナのクリーム色《いろ》だった服《ふく》は灰色《はいいろ》に変《か》わり、ところどころすり切《き》れて穴《あな》が開《あ》いていました。帽子《ぼうし》の下《した》から伸《の》びたブロンドの長《なが》い髪《かみ》の毛《け》はふり乱《みだ》れていました。そうです、汗《あせ》とほこりにまみれた旅人《たびびと》なのだから。

フロリナは黙《だま》って立《た》ち去《さ》ると、別《べつ》の人《ひと》に尋《たず》ねました。すると、その人《ひと》はこう言《い》いました。

「明日《あす》、王様《おうさま》は教会《きょうかい》に見《み》えるそうだ。とうとうトリュトンヌ姫《ひめ》と結婚《けっこん》の話《はなし》がまとまったらしいからね。結婚式《けっこんしき》の準備《じゅんび》なんだとさ」

それを聞《き》いてフロリナはへたり込《こ》みました。

ここまで来《き》て、なんということでしょう。シャルマン王《おう》が意地悪《いじわる》なトリュトンヌと結婚《けっこん》する・・・。

「青《あお》い鳥《とり》が来《こ》なくなったのは、今度《こんど》こそ本当《ほんとう》にあの思《おも》いやりのかけらもないトリュトンヌと結婚《けっこん》するためだったのね。人間《にんげん》の姿《すがた》に戻《もど》りたくて結婚《けっこん》を選《えら》んだのね。王《おう》は一番《いちばん》ひどい裏切《うらぎ》りをなさったわ」

フロリナは身《み》の切《き》られる思《おも》いで、一歩《いっぽ》も動《うご》けなくなってしまったのです。

翌朝《よくあさ》、日《ひ》が昇《のぼ》ると、フロリナは気力《きりょく》を振《ふ》り絞《しぼ》って立《た》ち上《あ》がり、教会《きょうかい》へ急《いそ》ぎました。そして、そっと中《なか》に入《はい》り込《こ》みました。シャルマン王《おう》とトリュトンヌの王座《おうざ》が並《なら》べて置《お》いてあります。フロリナの心《こころ》は苦《くる》しさで張《は》り裂《さ》けそうでした。フロリナはトリュトンヌの椅子《いす》の近《ちか》くの大理石《だいりせき》の柱《はしら》に身《み》をひそめました。

そこにシャルマン王《おう》とトリュトンヌが入《はい》ってきました。王《おう》は今《いま》までにないほど立派《りっぱ》で美《うつく》しく見《み》えました。それから豪華《ごうか》なドレスを着込《きこ》んだトリュトンヌが入《はい》ってきました。フロリナは悲《かな》しみと怒《いか》りで理性《りせい》を失《うしな》いそうになりましたが耐《た》え続《つづ》けました。

トリュトンヌはフロリナを見《み》つけると眉《まゆ》をしかめました。

「おまえは誰《だれ》だい？　そんな汚《きたな》い格好《かっこう》で私《わたし》の黄金《おうごん》の椅子《いす》に近《ちか》づくなんて」

「私《わたし》はミー・シヨンヌと申《もう》します。世《よ》にも珍《めずら》しいものを売《う》り歩《ある》く旅人《たびびと》でございます」

そう言《い》って、袋《ふくろ》の中《なか》からエメラルドとゴールド真珠《しんじゅ》のブレスレットを出《だ》しました。

「おやまあ、きれいな宝石《ほうせき》だこと。私《わたし》に売《う》ろうというのかい？」

と、トリュトンヌは言《い》いました。

「宝石《ほうせき》のよくわかる方《かた》にお見《み》せください。価値《かち》がわかるでしょう」

フロリナはブレスレットを渡《わた》しました。

トリュトンヌは、シャルマン王《おう》が宝石《ほうせき》に詳《くわ》しいことを知《し》っていたので、話《はな》し掛《か》けるきっかけができたことを喜《よろこ》び、王《おう》にブレスレットを見《み》せました。

シャルマン王《おう》はそれを見《み》たとたん真《ま》っ青《さお》になり、ふるえた声《こえ》で答《こた》えました。

「この宝石《ほうせき》は・・・、たったこれ一《ひと》つで私《わたし》の国《くに》と同《おな》じくらいの価値《かち》がある。世界《せかい》に二《ふた》つとない逸品《いっぴん》だ」

それを聞《き》いたトリュトンヌは、このブレスレットがたまらなく欲《ほ》しくなりました。

「さあ、ミー・シヨンヌ、こちらを私《わたし》にいくらで売《う》ってくれるんだい。私《わたし》がお后《きさき》になると知《し》ってとんでもない額《がく》を要求《ようきゅう》する気《き》だね」

「こうしてはいかがでしょう。私《わたし》は汚《きたな》い格好《かっこう》をしています。ですから汚《よご》れた服《ふく》を着替《きが》えたいので青空色《あおぞらいろ》の服《ふく》を一枚《いちまい》、私《わたし》のために仕立《した》ててください。それから、城《しろ》にある、こだまの間《ま》という部屋《へや》で一晩《ひとばん》寝《ね》かせていただければ、このブレスレットを差《さ》し上《あ》げましょう」

トリュトンヌは驚《おどろ》いて言《い》いました。

「この子《こ》ったら、青色《あおいろ》の生地《きじ》がどれだけ高価《こうか》か知《し》っているのかしら。まあいいわ、それで結構《けっこう》よ、ミー・シヨンヌ。さあ、そこの使用人《しようにん》、仕立屋《したてや》を呼《よ》びなさい。この子《こ》に青色《あおいろ》の服《ふく》を作《つく》ってあげなさい」

トリュトンヌは長《なが》い歯《は》をむき出《だ》しにして上機嫌《じょうきげん》に言《い》いました。

それもそのはずです。汚《きたな》らしい身《み》なりで見劣《みおと》っている人《ひと》には嫉妬《しっと》をしませんから。

それに、国《くに》が買《か》えるくらいの高価《こうか》な宝石《ほうせき》だというのに、服《ふく》と寝《ね》る場所《ばしょ》だけの要求《ようきゅう》なんてちっぽけなことに思《おも》い、たいへん得《とく》をしたと思《おも》っていたからです。

王《おう》は真《ま》っ青《さお》になって考《かんが》え込《こ》んでいました。「エメラルドのブレスレットは確《たし》かに私《わたし》がフロリナに贈《おく》ったものだ。フロリナは私《わたし》を捨《す》て、とうとうブレスレットまでも売《う》ってしまったのだ」と気《き》を落《お》としました。

17 再会《さいかい》

その晩《ばん》、こだまの間《ま》に入《はい》ったフロリナは、シャルマン王《おう》に語《かた》り掛《か》けるように話《はな》しだしました。

「以前《いぜん》、あなたが話《はな》していた『こだまの間《ま》』に私《わたくし》はいます。この部屋《へや》で話《はな》すことはあなたの部屋《へや》まで通《つう》じていて、よく聞《き》こえるのでしょう。こだまのように響《ひび》くのでしょう。あなたに会《あ》うために、長《なが》い長《なが》い旅《たび》をしてきました。ようやくたどり着《つ》きましたのよ。楽《たの》しく踊《おど》った夜《よる》も、美《うつく》しくうたった歌《うた》も、楽《たの》しい語《かた》らいも、私《わたくし》の愛《あい》も、みんなお忘《わす》れになってしまったのですか?」

王《おう》のほうもフロリナを想《おも》わないでいる日《ひ》はありませんでした。たとえ傷《きず》だらけにされようと裏切《うらぎ》られようと、やはり優《やさ》しく語《かた》り合《あ》った日《ひ》のことを考《かんが》えない日《ひ》はありませんでした。

Mami

突然《とつぜん》部屋《へや》に聞《き》こえてきた声《こえ》を聞《き》いて、王《おう》はフロリナの夢《ゆめ》を見《み》ているのかと思《おも》いました。

「あなたは青《あお》い鳥《とり》に変《か》えられ、私《わたくし》のところへやってきました。こだまの間《ま》の話《はなし》はそのときに教《おし》えてくださったのよ。毎夜《まいよ》、一緒《いっしょ》に踊《おど》り、うたいました。数々《かずかず》の宝石《ほうせき》の願《ねが》いも、甘酸《あまず》っぱい恋《こい》の味《あじ》も、私《わたくし》は忘《わす》れていません。青《あお》い鳥《とり》を呼《よ》び続《つづ》けても来《こ》なくなってしまったのは、なぜなのでしょう。あなたはなぜ人間《にんげん》の姿《すがた》に戻《もど》ってここにいるのでしょう。あなたは私《わたくし》を捨《す》ててトリュトンヌと結婚《けっこん》なさるのですか？」

王《おう》の心《こころ》には恋《こい》の想《おも》いがよみがえると同時《どうじ》に、ぶら下《さ》がった刃物《はもの》で羽根《はね》を切《き》ったこともよみがえりました。でも、もうそんなことは気《き》になりません。フロリナでなければどうして二人《ふたり》の秘密《ひみつ》を知《し》ることができるでしょう。心《こころ》の奥底《おくそこ》で悶《もだ》えていた憎《にく》しみが一気《いっき》にうすれて、なんとも言《い》えないほど胸《むね》がすく気持《きも》ちになりました。

部屋《へや》の花瓶《かびん》に生《い》けてあった花束《はなたば》を急《いそ》いで取《と》ると、夢中《むちゅう》でこだまの間《ま》に飛《と》んでいき、ドアを開《あ》けました。

そこには、軽《かろ》やかな青空色《あおぞらいろ》のドレスを着《き》て、シャルマン王《おう》が贈《おく》った最初《さいしょ》の宝石《ほうせき》、輝《かがや》くダイヤモンドのイヤリングをつけた美《うつく》しいフロリナが立《た》っていました。

王《おう》はフロリナを見《み》るなり、足下《あしもと》に身《み》を投《な》げ出《だ》し、天《てん》にも昇《のぼ》る心地《ここち》でフロリナの手《て》を取《と》

Mami

りました。恨《うら》みなど忘《わす》れ、喜《よろこ》びや嬉《うれ》しい気持《きも》ちが込《こ》み上《あ》げ、息《いき》も止《と》まるかと思《おも》うほどでした。こんな気持《きも》ちは永遠《えいえん》に失《うしな》われてしまったかと思《おも》っていたのです。それはフロリナも同《おな》じでした。

二人《ふたり》は見《み》つめ合《あ》い、抱《だ》き合《あ》って泣《な》きました。

18 祈《いの》りの卵《たまご》

落《お》ち着《つ》きを取《と》り戻《もど》した二人《ふたり》はすべてを話《はな》しました。誤解《ごかい》が解《と》け、

「不運《ふうん》だった」

と言《い》い合《あ》いました。

二人《ふたり》は誰《だれ》のことも責《せ》めることはありませんでした。

シャルマン王《おう》はひざまずき、フロリナに言《い》いました。

「うるわしのフロリナ、私《わたし》は命《いのち》が尽《つ》きる日《ひ》まであなたを愛《あい》します。結婚《けっこん》してください」

フロリナは謹《つつし》んで申《もう》し込《こ》みを受《う》けました。

そこへ、魔法使《まほうつか》いと女性《じょせい》が一緒《いっしょ》に入《はい》ってきました。この女性《じょせい》こそがフロリナに鳩《はと》を与《あた》えてくれた妖精《ようせい》の女王《じょおう》でした。二人《ふたり》はフロリナとシャルマン王《おう》にお祝《いわ》いを言《い》いました。

それから、スーシオをどう説得《せっとく》しようかという話《はなし》になり、頭《あたま》を抱《かか》えました。困《こま》り果《は》て

ているとき、フロリナは妖精《ようせい》の女王《じょおう》からもらった卵《たまご》のことを思《おも》い出《だ》し、袋《ふくろ》の中《なか》からそっと取《と》り出《だ》しました。

「妖精《ようせい》の女王様《じょおうさま》、こちらを使《つか》います」

フロリナは力強《ちからづよ》く言《い》いました。

「フロリナ、これを使《つか》わずによく王《おう》に会《あ》えましたね！　素晴《すば》らしい精神《せいしん》の持《も》ち主《ぬし》ですこと！」

妖精《ようせい》の女王《じょおう》はフロリナの強《つよ》さに驚《おどろ》き、そして優《やさ》しく微笑《ほほえ》みました。

フロリナは祈《いの》りました。

「妖精《ようせい》スーシオが二度《にど》と悪《わる》い魔術《まじゅつ》をかけることがありませんように」

その願《ねが》いはほかの三人《さんにん》も同《おな》じでした。

卵《たまご》を割《わ》ると、中《なか》からはフロリナの願《ねが》いが書《か》かれた一枚《いちまい》の花《はな》びらが出《で》てきました。花《はな》びらは風《かぜ》に吹《ふ》かれてひらりと舞《ま》い上《あ》がると、水《みず》が張《は》ってある桶《おけ》にふわりと落《お》ち、泡《あわ》となって溶《と》けていきました。こうして、強《つよ》い愛《あい》が妖精《ようせい》スーシオの邪悪《じゃあく》な魔法《まほう》を打《う》ち破《やぶ》ったのです。

Mami

19 シャルマン王《おう》とフロリナ女王《じょおう》の国《くに》

夜《よ》が明《あ》けると、城中《しろじゅう》にシャルマン王《おう》とフロリナの婚約《こんやく》の知《し》らせが行《ゆ》き渡《わた》りました。

この知《し》らせを聞《き》き、あわてて飛《と》んできたトリュトンヌはフロリナを見《み》て、またぶうぶうと不平《ふへい》を言《い》おうとしましたが、魔法使《まほうつか》いと妖精《ようせい》がトリュトンヌをトリュイ（雌《めす》ぶた）に変《か》えてしまいました。

トリュイはびっくり仰天《ぎょうてん》して駆《か》け回《まわ》りました。そして外《そと》に逃《に》げていきましたが、大勢《おおぜい》の人《ひと》に笑《わら》われて恥《は》ずかしくなり、恥《は》ずかしさからくる怒《いか》りでまたぶうぶう言《い》いながら、どこかへ駆《か》けていきました。

トリュトンヌにかけられた魔法《まほう》は、いつか解《と》けるときが来《く》るでしょうか。

あなたならどうしますか？

トリュトンヌが反省《はんせい》したら、許《ゆる》して元《もと》の姿《すがた》に戻《もど》してあげますか？


春《はる》、美《うつく》しい花《はな》が咲《さ》き誇《ほこ》るとき、二《ふた》つの王国《おうこく》は美《うつく》しい花《はな》と音楽《おんがく》で満《み》たされました。

フロリナは青空《あおぞら》を見上《みあ》げ、亡《な》き父《ちち》に誓《ちか》いました。

「お父様《とうさま》、私《わたくし》、強《つよ》くなったと思《おも》います。お父様《とうさま》とお母様《かあさま》が築《きず》いた国《くに》のように、人《ひと》におごらず、この国《くに》を慈愛《じあい》あふれる国《くに》に育《そだ》てていきます」

フロリナ女王《じょおう》とシャルマン王《おう》は結婚《けっこん》し、二人《ふたり》の国《くに》は一《ひと》つとなり、フロリナは約束《やくそく》どおり穏《おだ》やかで美《うつく》しい国《くに》を築《きず》き上《あ》げました。

さあ、わたくしの話《はなし》はこれでおしまいです。
その後《ご》、フロリナ女王《じょおう》とシャルマン王《おう》はどうなったかって？
それはもちろん、幸《しあわ》せに暮《く》らしましたよ。
それは、あなたが想像《そうぞう》している幸《しあわ》せのとおりです。
あなたも、いつも人《ひと》を思《おも》いやり、人《ひと》に優《やさ》しく接《せっ》してくださいね。
そうすれば自然《しぜん》と真実《しんじつ》の愛《あい》があふれる日々《ひび》になりますから。
そして真《しん》の勇者《ゆうしゃ》になってください。
では、またこの本《ほん》を読《よ》んでくれる日《ひ》まで、ごきげんよう。

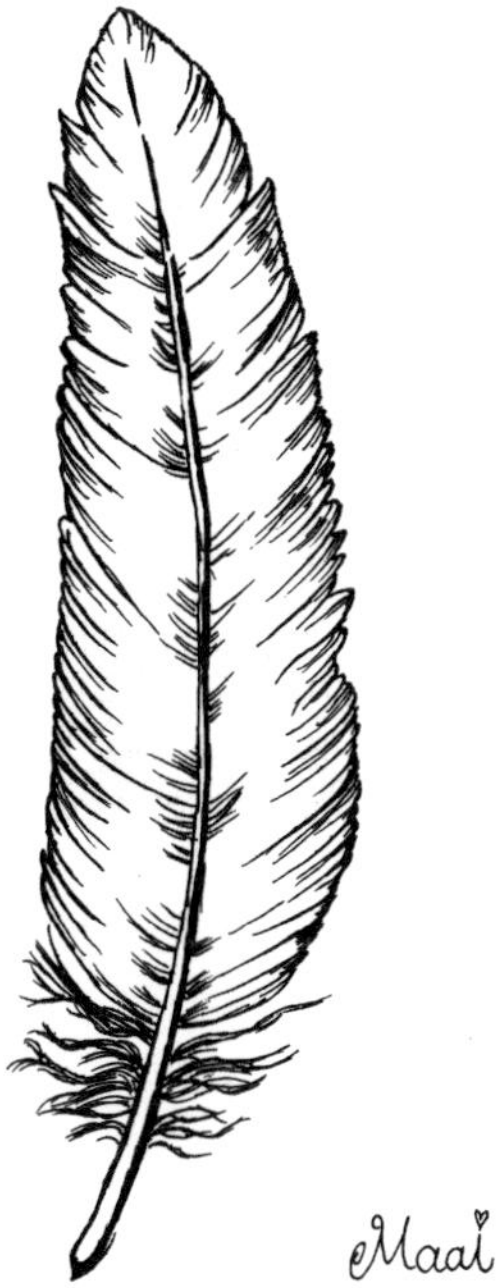
Maai

おわりに

本書の物語の原作は、フランスの作家オーノワ夫人（ドーノワ伯爵夫人としても知られるマリー＝カトリーヌ・ル・ジュメル・ド・バルヌヴィル、１６５０～１７０５）によって書かれました。貴族のオーノワ夫人は、「妖精物語」という語を生み出し、数多くの妖精物語を著わしています。

その中のひとつ「青い鳥」は一六九七年に世に出たとされています。

当時の貴族や民衆はこぞって本を楽しみ、字の読めない人々の間では口承（口伝えでの伝承）流行しました。この口承によって昔話はさまざまに推敲や添削を繰り返し、その本は何度も版を重ねて現在に残されています。オーノワ夫人の物語は、比較的原文に近いまま残されていると考えられていますが、原作を忠実に復元するのは不可能とされています。

オーノワ夫人と同じ時代に「眠れる森の美女」「赤ずきん」「シンデレラ」などの作家であり妖精物語の父と言われるシャルル・ペロー（１６２８～１７０３）がおり、ペローとオーノワ夫人はたびたび比較対象されています。しかし、物語の様式が異なるため、いずれも伝承されてきた物語の素晴らしい作家と言えます。

ところで、この本の「はじめに」で、作曲家チャイコフスキーのバレエ組曲「眠れる森の美女」について少し触れました。ここでは、「青い鳥」を中心に、チャイコフスキーがフロリナ姫と青い鳥に曲をつけた背景について、少し掘り下げます。

1888年、チャイコフスキーは、サンクトペテルブルクにある、帝室マリインスキー劇場監督のイワン・フセヴォロシスキーから、ペローの作品「眠れる森の美女」を題材としたバレエの台本に曲をつけてほしいという依頼を受けました。フセヴォロシスキーは「眠れる森の美女」と同じペローの作品から、「長靴をはいた猫」「赤ずきん」「シンデレラ」、そしてオーノワ夫人の作品から「青い鳥」などを登場させる台本を書きました。振り付けはバレエマスターおよび振付師のマリウス・プティパが担当。チャイコフスキーは、プティパの細かい指示を受けて作曲に取り組んでいます。フセヴォロシスキーが台本に「青い鳥」を入れたおかげで、フロリナ姫と青い鳥の物語に曲がつき、バレエで踊られる作品になったというわけです。

チャイコフスキーの三大バレエ「白鳥の湖」「眠れる森の美女」「くるみ割り人形」の中でも極めて豪華絢爛な大作である「眠れる森の美女」。舞踊、音楽、美術など、あらゆる面で芸術性に優れており、世紀をまたいで今なお観る人、聴く人を魅了し続けています。

物語の登場人物

王女様　**フロリナ**
となりの国の王様　**シャルマン(青い鳥)**
王様(国王・フロリナの父)　**フランソワ**
お后様(フロリナの実母)　**ローラ**
新しいお后様(トリュトンヌの実母・フロリナの義母)　**リビア**
新しいお后の娘(フロリナの義姉)　**トリュトンヌ**
トリュトンヌの名付け親の妖精　**スーシオ**
シャルマン王の友人の魔法使い　**コルネイユ**
翼のある空飛ぶ馬　**ジョヴァンニ**
フロリナ姫の侍女5人　**ローズ・ナフィアス・ウィスタリア・マーガレット・リリー**
妖精の女王　**ミィエ**

✿卵から出てきた花びらの花の名前　**金蓮花**(日本語)・**キャプシーヌ**(フランス語)

この本は次の資料を参考に執筆しました。

〔参考文献〕

Contes de Madame d'Aulnoy Garnier frères, libraire-éditeurs, 1882
https://fr.wikisource.org/wiki/L%E2%80%99Oiseau_bleu_(Aulnoy)
Fairy Tales by the Countess d'Aulnoy/The Blue Bird
https://en.wikisource.org/wiki/Fairy_Tales_by_the_Countess_d%27Aulnoy/The_Blue_Bird
『ロゼット姫 フランス妖精物語』 オーノワ夫人著・上村くにこ訳・東洋文化社・メルヘン文庫・1980年

著者　愛日《あいのひ》まみ（本名　下田真美）

株式会社シュクココロ代表取締役
元ピアノ教師。音楽教室主宰時はピアノ、ソルフェージュ、楽典などの音楽教育を行う。フルート、声楽などのピアノ伴奏を得意とし、演奏活動多数。音楽活動は「毎日新聞」掲載、ラジオ出演などがある。

音楽、美術、文学を学ぶためフランスをはじめ、ヨーロッパ各地を旅行。 特にフランス文学、建築には興味をもち、造詣が深い。

結婚後に開業したネット通販専門で創作エプロンが注目され、口コミで広がり「読売新聞」「日本経済新聞」「日本流通産業新聞」「繊研新聞」など各社発行の新聞に掲載される。

芸能人との対談、ラジオ出演がある。百貨店、テレビ局、芸能人等とのコラボがあり、商品はテレビドラマ、ファッション雑誌、舞台などで数多く使用されている。

プリンセス物語
フロリナ姫と青い鳥

2023年5月10日　第1刷発行

著者　愛日まみ

発行者　松嶋　薫
株式会社メディア・ケアプラス
〒140-0011
東京都品川区東大井3-1-3-306
Tel 03-6404-6087　Fax 03-6404-6097

カバー・本文絵　愛日まみ　Maai　Aika
本文デザイン・装幀　文字モジ男
印刷・製本　日本ハイコム株式会社

ISBN 978-4-908399-20-6　C8097